词咏民声

张咏民 著

一路追寻踏歌行，
词咏民声又一程，
星月相伴不辞远，
惟愿初心唱春风。

线装書局

图书在版编目（CIP）数据

词咏民声 ／ 张咏民著. — 北京：线装书局，
2022.1
　　ISBN 978-7-5120-4938-3

　　Ⅰ．①词… Ⅱ．①张… Ⅲ．①歌词集－中国－当代②
诗集－中国－当代 Ⅳ．①I227

　　中国版本图书馆 CIP 数据核字(2022)第 017365 号

词咏民声
CIYONG MINSHENG

著　　者：张咏民
责任编辑：李春艳
出版发行：线装书局
　　　　地　　址：北京市丰台区方庄日月天地大厦 B 座 17 层（100078）
　　　　电　　话：010-58077126（发行部）010-58076938（总编室）
　　　　网　　址：www.zgxzsj.com
经　　销：新华书店
印　　制：北京军迪印刷有限责任公司
开　　本：787mm×1092mm　1/32
印　　张：11
字　　数：280 千字
版　　次：2022 年 1 月第 1 版第 1 次印刷

线装书局官方微信

定　　价：56.00 元

习近平总书记文艺工作重要论述理论研

1. 与著名作曲家、中国音协名誉主席傅庚辰的合影

2. 与著名作曲家、中国音协名誉主席赵季平的合影

3. 与著名作曲家、中国音协副主席张千一的合影

4. 与著名作曲家、中国音协原副主席印青的合影

1. 与著名舞蹈理论家和评论家、中国舞蹈家协会主席冯双白的合影。

2. 与中国音协分党组书记、驻会副主席、秘书长韩新安的合影

3. 与著名作曲家、中国音协原副主席孟卫东的合影

4. 与著名二胡演奏家、中国音协副主席宋飞的合影

1. 与著名作曲家、中国音协副秘书长、中国文联音乐艺术中心主任熊纬的合影

2. 与著名歌唱家、中国音协副主席张也的合影

3. 与著名作曲家、中国音协副主席戚建波的合影

4. 与著名词曲作家、音乐制作人、中国音协副主席何沐阳的合影

2	1
3	
4	

1. 与著名词作家瞿琮的合影

2. 与著名词作家王晓岭的合影

3. 与著名作曲家张丕基的合影

4. 与著名作曲家刘锡津的合影

1. 与著名指挥家、教授吴灵芬的合影

2. 与著名词作家车行的合影

3. 与著名词作家屈塬的合影

4. 与著名作曲家王佑贵的合影

五期全国优秀青年词曲作家高

1. 与著名歌唱家王丽达的合影

2. 与著名词作家宋青松的合影

3. 与著名作曲家、音乐制作人
王晓峰的合影

4. 与著名电视文艺策划人、撰
稿人、诗人、著名词作家朱海的合影

1	2
	3
	4

1. 与著名词作家、音乐制作人
陈涛的合影

2. 与著名剧作家、河南省文联
副主席陈涌泉的合影

3. 与著名作曲家、河南省音协
主席周虹的合影

4. 与著名作曲家、音乐制作人
孟可的合影

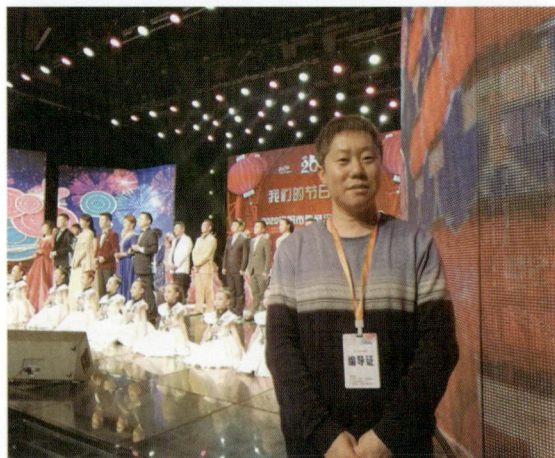

	1
2	
3	
4	

1. 与著名作曲家胡廷江的合影

2. 与著名词曲作家、音乐制作人胡力的合影

3. "奋进新时代"大型原创交响合唱音乐会演创人员合影（第一排右二为本书作者）

4. 担任2020年安阳春晚策划成员、编导、文字总统筹

奋斗之路，自有远方

　　2021年新年伊始，咏民说他的第二本歌词集就要出版了，想让我再次为之作序。回想六年前，我为他的第一本歌词集写下序言的情景，还历历在目。一晃六年过去了，在我感慨时间匆匆流逝的刹那，不禁为咏民这些年来在歌词创作道路上的坚持和努力感到欣慰，遂爽快地答应了他的作序之托。

　　咏民出生于一个音乐家庭，受其父亲的影响，咏民从小酷爱音乐和文学。参加工作后，逐渐走上了歌词创作的道路，把它当作一生的梦想和追求。

　　说起咏民在创作上的成长，我是一个见证者。2000年以来，从每年一届的全省歌曲创作评选到全国优秀流行歌曲创作大赛，从河南省"群星奖"音乐舞蹈大赛到"听见中国听见你"河南省年度优秀歌曲评选等诸多活动中，都能看到咏民的作品参赛，并取得不俗的成绩。

　　记得2009年，河南省音协组织选拔优秀作品参加全国优秀流行歌曲创作大赛的时候，我听到了他的那首《好邻居》。经过层层选拔，最终在中央电视台参加了决赛，获全国优秀流行歌曲创作大赛提名奖，让我记忆深刻。

　　时隔十年，2019年4月，经河南省音协推荐，他被选为中国音协全国优秀青年词曲作家第五期高研班的学员。同年8月的一天，再次听到他的一则好消息——由他作词的歌曲《奋斗才有幸福来》将要参加由中国文联、中国音协在国家大剧院音乐厅主办的"奋进新时代"大型原创交响合唱音乐会，由青年作曲家杨一博作曲、著名歌唱家张也演唱。我听后由衷地为他点赞。

从2000年算起，到今年已有二十来个年头了。这期间，咏民不断地用他的获奖作品，证明给我们看，他没有辜负当初的梦想，更没有辜负我们对他的期望。

品读这本歌词集，我们能感受咏民的歌词创作水平开始进入到一个较为成熟的阶段。他的歌词，已褪去了以前青涩、概念化的表达模式，更加注重对题材的把握、对生活的挖掘、对角度的选取和对语言的锤炼，使创作回归自然本质，让我们触摸到那份源于心灵的纯朴，品味到那份来自泥土的芬芳。

且看他的《奋斗才有幸福来》以小处着眼，选取了与老百姓生活息息相关的真实体验和生动细节，运用比兴的手法诠释了"幸福都是奋斗出来的"这一主题；《回望红旗渠》以回望修渠历程为主线，带我们解读了"不忘初心"的时代价值；《红薯的故事》以"小时候因贫困吃红薯"到"如今靠种红薯脱贫致富"的生活变迁，表达了人们摆脱贫困、圆梦小康的喜悦心情；《家乡的雪》以雪为意象，抒发了游子漂泊在外对家乡、对亲人的思念之情……这些作品构思新颖，寓意丰富，令时代之声和乡土民风跃然纸上，值得细细品味。

这本歌词集收录了咏民最近几年创作的115余首歌词，同时，还有他写的诗歌、论文以及为文艺晚会撰写的主持词等内容，这既是他躬耕音乐文学创作的心血凝结，也是他这几年来创作成果的集中展示。当然，他的进步和成绩，一方面得益于中国音协、河南省音协组织的多届歌曲创作培训班，让他近距离地接受歌词大家的悉心亲授；另一方面和他孜孜以求的钻研精神是分不开的。他勤于学习，善于思考，在创作中体悟，在研究中总结。不得不说，他身上有股钻劲儿、拼劲儿。

我眼中的咏民，成长了，尤其在歌词创作领域写出了自己的一方天地。我为百顺兄培养了这样一个好儿子而感到高兴，更为我们省又多了一位有才华、有追求、有毅力的青年才俊感到骄傲。

创作的道路从来不是一帆风顺，创作的果实也不是唾手可得。正如咏民在《奋斗才有幸福来》一词中写到的那样："想看山上的风景，就要一步一步爬上来。想收树上的果实，就要一个一个摘下来。蜜蜂采来花蜜，甜甜地唱起来，没有谁的幸福会不请自来。"艺术创作好比登山，不经历"板凳甘坐十年冷，文章不写半句空"的过程，无以实现"会当凌绝顶，一览众山小"的愿望。如此看来，搞好歌词创作何尝不是一种奋斗呢？

　　习近平总书记在关于文艺工作重要论述中指出：社会主义文艺是人民的文艺，必须坚持以人民为中心的创作导向，在深入生活、扎根人民中进行无愧于时代的文艺创作。这是我们每一位文艺工作者必须始终坚守的初心和使命。

　　在此，我希望咏民在未来的歌词创作道路上，虚心学习，远离浮躁，用饱蘸生活的笔，用执着不息的心，永远为人民抒写，为人民抒情，为人民抒怀。我相信，他一定会写出更多脍炙人口的好作品，在歌词创作道路上越走越远。

　　我们期待着！

河南省音乐家协会主席

2021 年 2 月 25 日

目 录

歌 词 篇

咏·奋斗之路

目录

诗 歌 篇

主 持 词 篇

目
录

论 文 篇

歌
词
篇

[咏·奋斗之路]

奋斗才有幸福来

想看山上的风景，
就要一步一步爬上来。
想收树上的果实，
就要一个一个摘下来。
蜜蜂采来花蜜，
甜甜地唱起来，
没有谁的幸福会不请自来。

想做美丽的衣裳，
就要一针一针缝起来。
想造摩天大厦，
就要一层一层盖起来。
风筝迎着逆风，
高高地飞起来，
奋斗出的幸福会如约到来。

拼搏换来梦想花开，
辛勤的汗水添风采，
一分耕耘，一分收获，
奋斗才有幸福来。

注：杨一博作曲，张也演唱。2019 年 8 月 29 日，在国家大剧院音乐厅参加了由中国文联、中国音协主办的"奋进新时代"大型原创交响合唱音乐会，荣获中国当代歌曲创作精品工程——"听见中国听见你"2019 年度特别贡献原创作品。发表于《音乐天地》2021 年第 10 期。

回望红旗渠

沿着血泪洒下的足迹，
读着你旷世不朽的壮举，
你是巍巍太行一条生命之渠，
穿越岁月的风雨绵延不息。
啊，红旗渠，我们深情地回望你，
你用感天动地的故事滋养山河的壮丽。
啊，红旗渠，我们自豪地回望你，
你用信念铸成的名字辉映生活的花季。

唱起凯歌震天的豪气，
想起那初心不改的坚毅，
你是泱泱中华一条精神之渠，
传承追梦的向往光耀天宇。
啊，红旗渠，我们深情地回望你，
你用一锤一钎的誓言回荡历史的记忆。
啊，红旗渠，我们自豪地回望你，
你用艰苦奋斗的主题续写明天的胜利。

注：呼国正作曲，王丽达演唱。2017 年入选"中原文艺精品工程"重点项目。2019 年荣获第十三届河南省"群星奖"音乐舞蹈大赛一等奖。2020 年荣获"出彩河南"优秀原创歌曲征集活动二等奖。发表于《音乐天地》2021 年第 6 期。

歌词篇

唱游红旗渠

长长的红旗渠哟，
绕着那太行山，
渠水流淌着幸福歌，
一个奇迹天下传。

十年的修渠路啊，
浸透了血和汗，
敢想敢干的父辈们，
不怕苦来不怕难。

手把钢钎（叮叮当当）来凿山，
浑身是劲（哟嘿哟嘿）用不完，
别说太行石头硬，
再硬也没有那意志坚。

推着小车（吱吱扭扭）山过山，
荡着秋千（风风火火）排石险，
任凭老茧摞老茧，
号子一喊就换新天。

依山打通（平平展展）致富路，
靠水浇开（花花绿绿）果满园，
都说渠畔风光好，
唯有初心见证着变迁。

来到了红旗渠哟，
故事讲不完，
艰苦奋斗的好儿女，
红旗渠精神代代传。

看一看红旗渠哟，
鼓劲又壮胆，
咱同心接力加油干，
所有的梦想都能圆。

注：呼国正作曲，李玉演唱。

不忘初心

回望来时路,拂去岁月风尘,
赤子情怀血脉相依温暖到今。
感恩你的滋养,无穷无尽,
回报你的信任,唯有默默地耕耘。
不忘初心,不忘人民,
不忘肩头的重任承诺似金。
不忘初心,继续前进,
相信我们的梦想一定会成真。

迈向新征程,总有信念指引,
风雨追寻只因和你鱼水情深。
牵挂万户千村,把心贴近,
扎根民生沃土,撑起幸福的绿荫。
不忘初心,不忘人民,
相伴期待的目光何惧艰辛。
不忘初心,继续前进,
走向伟大的复兴江山万年春。

注:李彦璋作曲,刘红艳、欧阳一寒演唱。曾参加 2017 年安阳市春节电视文艺晚会。

信　念

总有那一种激情，如江河涌动，
穿越了层层迷雾，脚步更从容。
总有那一种力量，能飞越彩虹，
带着众望的目光，一路开拓破浪乘风。
这是我们的信念，刻在心中，
几度岁月峥嵘，更加坚定，
这是我们的信念，把希望播种，
相信荆棘深处才是最美的风景，幸福葱茏。

总有那一种真诚，让大地感动，
风雨中甘苦与共，梦与梦相通。
总有那一种向往，能拥抱春风，
融化飘雪的寒冬，迎来一片万紫千红。
这是我们的信念，握在手中，
犁出金色收成，宏图在胸，
这是我们的信念，把未来引领，
永远激励我们向着更远的征程，高歌前行。

注：李彦璋作曲，刘红艳、欧阳一寒演唱。曾参加2016年
安阳市春节电视文艺晚会。

歌词篇

辉煌征程

一百年前红船启航，
一百年来乘风破浪，
血火中走来光荣的中国共产党。
救国救亡，坚定信仰，
誓言在回响，旗帜在飘扬。
开一条新路，绘万里春光。
走过百年，初心不忘，
走向复兴，壮志飞扬。

经历多少风雨沧桑，
就有多少奋斗力量，
这就是我们伟大的中国共产党。
人民幸福，心之所向，
国家强盛，梦之所望，
再一次出发，续一路辉煌。
走过百年，初心不忘，
走向复兴，壮志飞扬。

注：与杨晓帆合作，吴霜作曲，北京首席合唱团演唱。学习强国、文旅中国、人民视频等公众号推送。2021年，荣获庆祝中国共产党成立100周年"百年百首"河南优秀原创歌曲、"百年梦 黄河情"河南省群众文艺作品征集一等奖，并参加安阳市庆祝中国共产党成立100周年原创歌曲演唱会。

请你阅卷

从红船起航到今天，
赶考的路上不会有终点。
你的冷暖在我心中默念，
我用奋斗的脚印找寻答案。

当时代发出新考卷，
每一次叩问都充满挑战。
你的向往给我无限灵感，
我用生命的誓言书写答卷。

把灿烂阳光,写进笑脸,
让万里春风,写下诗篇。
看绿水青山守望的新天地,
那是我最想给你,交出的答卷。

手握着信念,落笔千言,
思索着未来,梦是指南。
当幸福目光交汇的那一天,
我献上初心一片,请你阅卷。

注:发表于《音乐天地》2021 年第 6 期。

歌词篇

我是共产党员

让我再看看那只红船，
那是百年追寻的起点。
历史长河划出多少波澜，
每一道都是信仰的召唤。

让我再读读那句誓言，
那是百年奋斗的指南。
梦的航程驶向幸福彼岸，
我骄傲我是你的一员。

风吹流年，初心如磐，
我是你的一员，共产党员。
握紧了右手，跟在你身后，
我坚定我的选择一生无憾。

万里江山，党旗鲜艳，
我是你的一员，共产党员。
复兴的伟业，前景更灿烂，
我愿把我的一切为你奉献。

注：张百顺作曲，张咏梅演唱。2021年先后参加安阳市庆祝中国共产党成立100周年原创歌曲演唱会、交响音乐会。

总想为你唱首歌

当大路在前天高海阔,
谁都不忘你走过的坎坷。
当旗帜飞扬领航中国,
谁都记得你坚定的求索。

当万家灯火洒满星河,
谁都不忘你燎原的星火。
当大地回响幸福欢歌,
谁都记得你不变的承诺。

心里啊,总想为你唱首歌,
在这百年华诞欢聚的时刻,
对你的依恋澎湃如初,
就像拥抱大海的浪花朵朵。

心里啊,总想为你唱首歌,
就在下个百年启程的时刻,
跟着你前行奋进的脚步,
相约复兴梦圆为你再唱欢歌。

注:张伟作曲,郝国栋演唱。2021 年,成为庆祝中国共产党成立 100 周年"百年百首"全国优秀新创歌曲征集活动入选作品。

歌词篇

奔腾的信仰

如果有人淡忘苦难的过往，
请再听听黄河发出的回响。
是谁掀起的怒涛，誓言般铿锵，
唤醒大地山川，凝成不屈的力量。

如果有人却步风雨的阻挡，
请再听听黄河奋进的交响。
是谁不息的求索，激荡着希望，
一路铁流浩荡，不改前进的方向。

你听吧，听吧，听黄河在歌唱，
热血衷肠，一身担当，
为什么越是艰险越向前，
那是后浪追着前浪奔腾的信仰。

你听吧，听吧，听黄河在歌唱，
未来回应，复兴梦想，
为什么前程越走越宽广，
因为我们心中总有奔腾的信仰。

有这样一首歌

有这样一首歌,我从小就听过,
没有共产党就没有新中国。
爷爷唱起它,总是感慨很多,
歌声中的岁月让我慢慢懂得。

有这样一首歌,妈妈教我唱过,
没有共产党就没有新中国。
妈妈唱起它,总是扬起笑脸,
歌声中的自豪让我深深铭刻。

有这样一首歌,如今我也唱过,
没有共产党就没有新中国。
每当唱起它,就像看到阳光,
歌声中的向往伴我一路开拓。

这首歌,飞遍万里山河,
这首歌,唱出幸福生活,
这首歌,告诉我们一个真理,
没有共产党就没有新中国。

这首歌,见证风雨执着,
这首歌,传承梦想薪火,
这首歌,告诉未来一个承诺,
跟着共产党就有富强中国。

歌词篇

党旗领航向未来

峥嵘岁月忆百年，
回首南湖启红船。
镰刀铁锤闪光辉，
星火燎原代代传。
踏遍了万水千山志更坚，
迎来了日出东方春风暖，
为什么越是艰险越向前，
只因为人民江山担在肩。

壮丽航程一百年，
初心是桨梦是帆，
砥砺奋进新时代，
千秋伟业天地宽。
兑现了小康承诺幸福来，
描绘了绿水青山好家园，
心里有人民向往做指南，
手中有无穷力量握成拳。

党旗领航向未来，
信念不变筑梦浪尖，
党旗领航向未来，
中国道路万里长天。

跟你前行

用信仰做眼睛，
穿过风雨向黎明，
你的追寻，热血为证，
哪怕火海和刀锋。

是使命是光荣，
一句承诺赤子情，
心中所爱，大地为重，
每次花开你都懂。

一条路，走得坚定，
一个梦，开得葱茏。
因为相伴你的真情，
我们满怀向往跟你前行。

这条路，甘苦与共，
这个梦，万众和鸣。
因为相信你的初心，
我们满载幸福跟你前行。

歌词篇

不负人民

走过的每一步，那样刻骨铭心，
拳拳的赤子情，依然温暖到今。
感恩你的滋养，像海一样深沉，
回报你的信任，唯有默默耕耘。

前行的每一程，总有信念指引，
再大的风和雨，和你携手奋进。
牵挂万户千村，把心贴得更近，
扎根民生沃土，撑起幸福绿荫。

人民至上，不负人民，
托起肩头的重任承诺是金。
我将无我，不负人民，
满怀人民的向往，我愿奋斗终身。

人民至上，不负人民，
相伴期待的目光何惧艰辛。
我将无我，不负人民，
写好时代的答卷，献上赤诚初心。

注：李彦璋作曲、演唱。发表于《音乐天地》2021年第2期。入选"唱支山歌给党听"全国群众歌曲征集展示活动百首优秀作品。

通往幸福的路

曾经带着梦想起步，
一路穿云破雾，走过山重水复。
路在何方，问过那众望的目光，
路有多长，翻过那追寻的寒暑。

千回百转春风引路，
牵手阳光雨露，花开心灵深处。
逢山开路，开出了豪迈的气度，
遇水搭桥，搭起了光明的前途。

啊，这条通往幸福的路，
让岁月从此光彩夺目。
风雨挡不住，我们信念如初，
还有自信的脚步在一次次加速。

啊，这条通往幸福的路，
为我们铺开梦的蓝图。
就在不远处，朝霞迎面飞舞，
拥抱我们的到来是又一轮日出。

注：发表于《词刊》2019 年第 3 期。

歌词篇

春天的呼唤

走进万紫千红的春天，
你可听见春天的呼唤？
它融进家乡的泉水，
寻你走过万水千山；
它汇入南海的波涛，
想你想得日夜无眠。
啊，春天的呼唤，山河的呼唤，
你的故事永远留在天地人间。
啊，春天的呼唤，人民的思念，
你的名字写在老百姓心田。

走进万象更新的春天，
你可听见春天的呼唤？
它化作习习的春风，
向你诉说时代新篇；
它化作潇潇的春雨，
为你织出春光一片。
啊，春天的呼唤，日月的呼唤，
你的话语激励我们阔步向前。
啊，春天的呼唤，人民的思念，
你的笑容绽放又一个春天。

注：发表于《歌曲》2003年第3期。徐湘作曲，曹芙嘉演唱。

谁都忘不了

——献给"四有"书记谷文昌

你从哪里来,太行山知道,
你为谁操劳,木麻黄知道,
生是一粒种,扎根老百姓,
任凭风沙呼啸,一个信仰不倒。

付出有多少,这片海知道,
真情有多长,这条路知道,
心为百姓牵,梦为百姓圆,
你如清风徐来,洒下一片美好。

念着你的爱,记着你的好,
你坚守的初心,平凡又崇高。
不用去寻找,谁都忘不了,
你树起的丰碑,精神在闪耀。

年年春来早,岁岁艳阳照,
你走过的足迹,花繁叶更茂。
不问青山高,不问绿水长,
你感召着新时代,幸福荡春潮。

注:呼国正作曲,王园园演唱。2019年荣获河南当代歌曲
创作精品工程"听见中国听见你"年度优秀歌曲。

歌词篇

想和你一样

说起你的姓名,是我的偶像,
提起你的年龄,像我的兄长,
你是小小螺丝钉闪烁着光芒,
你把暖暖的春风荡漾在脸上。

听过你的故事,都把你赞扬,
读过你的日记,都把你歌唱,
你用一副热心肠传递着希望,
你把平凡的力量凝结成高尚。

有你的地方,天空很晴朗,
我是你的追随者,想和你一样。
我把你的精神珍藏在身旁,
向你学习你就是我永远的榜样。

有你的地方,梦想在开放,
我是小小志愿者,想和你一样。
我把你的善良播种在心上,
明天我也会成为你当初的模样。

注:呼国正作曲。2021 年荣获"黄河谣 华夏源——第十届河南省少儿文化艺术展演"二等奖。

平凡的坚守

不用问我姓名,我是一把犁铧,
耕种希望的田野,收获五谷桑麻。
不用问我在哪,我是一束钢花,
焊接城市的繁华,辉映灯火万家。

没有太多光华,我是一块砖瓦,
奠基幸福的年华,迎送多少冬夏。
没有太多表达,我是一颗螺钉,
加固时代的车轮,我也潇洒出发。

看并肩的兄弟姐妹千千万万,
一起奋斗,一起建设我们的家。
滴滴汗水让梦想开花,
平凡的坚守是最好的回答。

看同行的兄弟姐妹意气风发,
一起奋斗,一起建设我们的家。
相信劳动能创造神话,
平凡的坚守是最美的图画。

注:发表于《音乐天地》2019 年第 3 期。

歌词篇

别说我们老

别叫我老张，别喊他老赵，
我们年纪刚刚好，说老还太早。
人生不停步，奋斗不歇脚，
能为大家做点事，想想也自豪。

唱一唱梦想，画一画爱好，
学习不分老和少，别把我小瞧。
初心忘不了，白发情未了，
藏进皱纹都是宝，听我慢慢聊。

别说我们老，别笑我们俏，
爱是不变的心跳，幸福每一秒。
别说我们老，别笑我们俏，
相约百岁不是梦，健康乐逍遥。

注：李彦璋作曲，董静演唱。安阳电视台《都挺好》栏目主题歌。

向未来

从来没有这样感慨，
你的初心和我的幸福共融一脉。
从来没有这样期待，
你的蓝图让百年梦想如约而来。

心中总有一份信赖，
你的誓言和我的追求一起澎湃。
脚下总是一路豪迈，
我们奋斗让新的向往如花盛开。

我们的新时代春风满怀，
我们的领航人与民同在，
站起来富起来强起来，
中国道路越走越精彩。

我们的新时代继往开来，
我们的领航人承诺不改，
新征程新天地新风采，
引领中国阔步向未来。

注：薛永嘉作曲，皓天演唱。2021年入选中宣部文艺局、
中国音协"阔步新时代 开启新征程"主题优秀歌曲。

歌词篇

筑梦新时代

听那号角响彻，又聚起一种蓬勃，
汇入新的征程，绽放激情如火。
朝着前进的方向，不改那脚下的求索，
多少次风雨跋涉，多少次同心相和。

看那春风拂过，又吹来一种鲜活，
绘出梦的花朵，展开幸福生活。
挥洒满腔的炽热，不负那庄严的承诺，
一步步奋力开拓，一步步迎来收获。

筑梦新时代，日子更红火，
今天的我们向历史这样自豪地说。
筑梦新时代，追求更执着，
高扬的旗帜向未来映红锦绣山河。

筑梦新时代，花开更祥和，
美好的向往和初心共融同一个脉搏。
筑梦新时代，天地更广阔，
伟大的航程贯长风激荡复兴凯歌。

注：李彦璋作曲，罗觐堂、张亚利演唱。参加 2018 年安阳市春节电视文艺晚会，并荣获河南当代歌曲创作精品工程"听见中国听见你"2018 年度优秀歌曲。

阔步走在新时代

当阳光召唤奋进的心跳，
当春风敞开温暖的怀抱，
我们沿着中国梦的方向，
一往无前，越走越自豪。

当高铁送来田野的欢笑，
当绿水映出青山的美好，
我们沿着新时代的路标，
意气风发，把未来远眺。

我们阔步走在新时代，
扬帆踏浪书写荣耀。
跟着新时代的领航人，
我们相信明天更好。

我们阔步走在新时代，
牵手世界幸福宣告。
跟着新时代的领航人，
中国航程直挂云霄。

歌词篇

春风万里

时间的记忆,从那年春风开始,
一扇大门敞开了新鲜的气息。
爱在田野拔节,梦从海上升起,
扑面而来的春潮,澎湃的不止是大地。

开花的岁月,请春风续写故事,
时代画笔渲染出多彩的天地。
路在脚下延伸,心向未来飞驰,
追求不变的向往,改变的都汇成传奇。

春风万里,说着那一串足迹,
山重水复,看得见幸福花季。
万户炊烟,翘盼那诗和远方,
自信是双翼,前景可期。

春风万里,唱着那一份情意,
青山绿水,听得见盈盈笑语。
日月星光,照耀着茫茫天际,
希望在路上,生生不息。

注:发表于《词刊》2019年第3期。呼国正作曲,陈曦演唱,荣获河南当代歌曲创作精品工程"听见中国听见你"2018年度优秀歌曲。

飞驰在梦想跑道

如澎湃的春潮是出发的心跳，
看追梦的脚步集结在梦想跑道。
青春注满能量，跨越风雨迢迢，
一代代奋进接力，心比天高。

在时间的尽头是鲜花的微笑，
有自信的光亮注定为梦想燃烧。
无论平凡渺小，信念从不动摇，
一声声号角吹响，春光正好。

来吧来吧来吧，让我们一起读秒，
以中国速度飞驰在梦想跑道。
阳光敞开怀抱，在前方一路领跑，
希望满载复兴号，抵达新的目标。

来吧来吧来吧，让我们奔走相告，
以中国创造飞驰在梦想跑道。
汗水不负年华，每一滴都有回报，
光荣绽放天地间，我们一起闪耀。

注：连向先作曲，1606女团演唱。发表于《音乐天地》2020
年第 1 期。

歌
词
篇

时代之约

想用洹河上的那道彩虹，
为幸福的家园画上背景，
想用文峰塔的那串风铃，
和花开的心声一起共鸣。

想用谷穗的那季丰盈，
让奋斗的岁月绽放笑容，
想用老槐树的那片绿荫，
把心中的感动告诉春风。

啊，梦想召唤，时代之约，
自信写下的故事是那样生动。
穿过风雨，迎来鲜花掌声，
在这条路上，每个人都是风景。

啊，大地见证，时代之约，
未来发出的邀请一刻也不能等。
海阔天空，我们激情奔涌，
在这条路上，每一步都是永恒。

向着梦想出发

讲讲党的好政策，
说说咱的新生活，
欢歌飞越十里八乡，
幸福小康你唱我和。

听听百姓的苦和乐，
数数收获又添许多。
歌声温暖你的心窝，
掌声共鸣我的脉搏。

向着梦想出发，
把快乐传播，
春风直通每个角落，
如花的笑容开出最美的景色。

向着梦想出发，
和大地相握，
人民就是广阔舞台，
满腔的挚爱同为时代放歌。

注：呼国正作曲。2017年荣获"喜迎十九大"安阳市优秀文艺作品评选二等奖。

歌词篇

昂首新时代

从来没有这样感慨，
你的初心和人民的幸福连成一脉。
冬去春来，沧海桑田，
中国道路沿着红色的信仰铺开。

从来没有如此期待，
你的蓝图让百年的梦圆如约而来。
青山绿水，春风满怀，
美好生活总有自信的笑容喝彩。

昂首新时代，新的号角吹起来，
新征程，新思想，汇聚盛世花开。
心有多么豪迈，梦有多么精彩，
你开放的姿态走向更广阔的舞台。

昂首新时代，世界目光看过来，
新气象，新作为，聚焦东方神采。
凝聚磅礴力量，书写复兴华彩，
你高扬的旗帜引领更辉煌的未来。

注：发表于《词刊》2018 年第 4 期。

低碳之约

抬头望天，期待那一片蔚蓝，
风吹雾散，让美好清晰可见，
同一个家园，因和谐而相延，
环保之梦，凝聚在你我心田。

绿水青山，依恋不只为浪漫，
春秋寒暑，像梦幻共融自然，
现在和未来，用绿色来串联，
如心所愿，畅快在呼吸之间。

让我们携手，写下低碳之约，
不说今天明天，改变就在眼前。
让爱做起点，共赴低碳之约，
点滴汇成希望，生活盎然无边。

注：发表于《词刊》2019 年第 3 期。

歌词篇

和春天一起来

大地春暖从冰雪中醒来，
汇入这春潮澎湃，
东西南北看千家万户和春风一起摇摆。
欢聚今宵千姿又百态，
停不来的是动感节拍，
唱吧，跳吧，铺天盖地，
炫出了欢乐满堂彩。

万紫千红把幸福打开，
让生活春意盎然，
你的笑容我的情怀像春花朵朵盛开。
每分每秒都充满期待，
就等我们亮相舞台，
来吧，来吧，就在现在，
我们快大声嗨起来。

你听那一边，
掌声喝彩排山倒海。
再看这一边，
手机 DV 尽情地拍。
团圆时刻，我们共享精彩，
和春天一起来，迎接梦想花开。

注：李彦璋作曲。参加 2016 年安阳市春节电视文艺晚会。

春暖新时代

花盛开,花如海,花信报春来,
春风摆,春雨来,春暖新时代,
天增彩,地增彩,天地大舞台,
小康梦,中国梦,把梦打开。

贺新年,过新年,祝福串起来,
家团圆,心团圆,酒杯举起来,
歌翩翩,舞翩翩,今宵乐起来,
你也来,我也来,炫彩未来。

春到山水间,灿烂的都是笑脸,
春到千万家,福字儿贴出了喜和爱。
春到好运来,生活充满期待,
春到幸福来,中华满堂彩。

注:李彦璋作曲。参加2018年安阳市春节电视文艺晚会。

歌
词
篇

花开筑梦又一年

春夏秋冬走过又一年，
生活像万花筒不停变换。
我们如约相会在春天，
春天的故事又华丽开篇。

天南地北都盼这一天，
回乡的路变得不再遥远。
团圆餐桌摆出合家欢，
浓浓的亲情把此刻温暖。

千家万户共享大联欢，
祝福和笑脸都围在身边。
小康的梦展开新画卷，
红红的灯笼为幸福点赞。

欢歌笑语花开新时代，
未来已来美丽就在眼前。
青山绿水处处风景线，
梦想的舞台是国泰民安。

（白）辞旧迎新春暖人间是熟悉的面画，
嘴里说着心里乐着朋友圈晒出了美满。
过去现在多少变化就发生在你我身边，
看不完的气象万千那叫一个惊叹。

张灯结彩激发灵感每天都生机盎然，
一带一路精准扶贫复兴号飞驰向前，
万里云天风光无限有梦才会走得更远，
海阔天宽直挂云帆等着我们一起实现。

注：李彦璋作曲。参加 2020 年安阳市春节电视文艺晚会。

歌
词
篇

开心童谣过大年

(一个小孩儿身着唐装,手提灯笼)
小孩儿,小孩儿,你别馋,
过了腊八儿就是年,
二十三,糖瓜粘,
二十四,写福字,
二十五,扫尘土,
二十六,炖牛肉,
二七二八,把面发,
二九对联贴门口,
除夕万家人团圆,
欢天喜地过大年。

(一群可爱的孩子在舞蹈中走上舞台)
过大年,拜大年,
年年等来年年盼。
鞭炮响,锣鼓喧,
张灯结彩笑开颜。

小妞妞,扎小辫儿,
穿上新衣去拜年。
小嘴儿巧,小嘴儿甜,
甜甜的祝福喊得欢。

爷爷笑得胡子翘,
奶奶乐得直揉眼,

抱起了姐姐亲亲脸，
再给她塞满压岁钱。

（变换"包饺子"场景）
团团圆圆一家子，
快快乐乐满屋子，
挽挽袖子擀皮子，
甩甩胳膊拌馅子，
我们一起来包饺子，
个个好像小胖子，
吃了满满一盘子，
撑圆我的小肚子。

（变换"看春晚"场景）
团圆饭，合家欢，
说说笑笑乐翻天。
爷爷奶奶快坐下，
爸爸妈妈都来看，
哥哥姐姐在表演，
今年春晚真好看，
又唱歌来又跳舞，
开开心心大联欢。

（独）叔叔阿姨，哥哥姐姐，
我也很想上春晚，
你们喜不喜欢看？

（众）喜欢喜欢喜欢喜欢，
我们都喜欢。

歌
词
篇

（表演"拉大锯"）
拉大锯，扯大锯，
姥姥门前唱大戏。
接闺女，请女婿，
小外孙子也要去。
今搭棚，明挂彩，
羊肉包子往上摆，
不吃不吃吃二百。

（变换"迎春"场景）
一年又一年，
转眼到春天。
蝴蝶飞，百花艳，
大地换新颜。

春光好，织锦绣，
学习正是好时候。
小朋友，拉钩钩，
谁要偷懒是小狗。

你伸手，我伸手，
小拇指头钩一钩，
金钩钩，银钩钩，
我们都是好朋友。

（全体小演员边说边舞，在喜庆氛围中推向高潮）
说童谣，唱童谣，
童谣世界多美妙。
有歌声，有欢笑，
伴着童心不会老。

开开心心说童谣，
幸福生活步步高。
年年岁岁唱童谣，
祝福明天更美好。

歌词篇

[咏·家国之情]

我的幸福你的美

出门见青山，低头看绿水，
青山绿水展芳菲，把我的梦点缀。
朝迎旭日升，暮送夕阳归，
柴米油盐好滋味，家家人和美。

岸边稻花香，水中鱼儿肥，
春耕秋收小康景，把我的心陶醉。
楼高接云天，路畅通南北，
天高地广一起走，前程更明媚。

春风吹，歌声飞，
我的幸福你的美，
美丽中国，我为你祝福，
愿你青春常在，比朝霞更美。

阳光下，笑声脆，
我的幸福你的美，
美丽中国，我为你举杯，
愿你花开祥瑞，与日月同辉。

注：创作于中国音乐家协会 2018 年全国中青年词曲创作
骨干培训班，十多位优秀青年作曲家作曲。

中国形象

凝望爷爷深情的目光，
把苦难的记忆再一次回想。
风雨中旗帜飞扬，旗帜上血脉滚烫，
他说这是中国不屈的形象。

倾听妈妈唱起的春光，
随蓬勃的希望舒展开臂膀。
飞出了海天之窗，闻到了田野芬芳，
她说这是中国开放的形象。

亲吻孩子脸上的霞光，
让美好的向往在心灵绽放。
每一次扬帆起航，每一次迎风踏浪，
都说这是中国奋进的形象。

啊，中国形象，是传承文明的诗行，
啊，中国形象，是青山绿水的画廊，
万家幸福的灯光，像一身绚丽的盛装，
让今天的中国变得更加闪亮。

啊，中国形象，是丝路花开的情长，
啊，中国形象，是同心追梦的铿锵，
跟着时代的召唤，聚一份光荣和力量，
看复兴的中国一路锦绣风光。

注：呼国正作曲。2019年荣获福建省"庆祝新中国成立70周年"歌曲征集评选入选作品奖。

为了可爱的中国

历史的天空星光闪烁，
血染的土地鲜花朵朵。
追寻你的足迹，
在漫漫征途上求索，
你用生命告诉我，
你是为了什么？

灵魂的呐喊穿透夜色，
真理的光芒传承薪火。
阅读你的故事，
在人们记忆中鲜活，
你用誓言告诉我，
我该为了什么？

啊，为了什么，为了可爱的中国，
这是我们心中激荡的长歌。
那炽热的信仰，我们世代铭刻，
用生生不息的奋斗接力崭新的开拓。

啊，为了什么，为了可爱的中国，
这是我们写给未来的承诺。
有梦想的指引，何惧风雨跋涉，
看我们幸福的笑容开遍可爱的中国。

注：呼国正作曲，群艺合唱团演唱。2019 年荣获河南省第八届合唱节"嵩山奖"。发表于《音乐天地》2021 年第 2 期。

红岩红

不曾赴过那场远行，
只听说这一路山水重重。
不曾听过那夜枪声，
却看到热血映红每个黎明。

千里万里寻你踪影，
又见那红岩上花开丛丛。
千山万水把你传颂，
只因为信仰高高举过头顶。

红岩红，滚烫的红，
经风雨，傲苍穹，
生生不息暖心胸。

红岩红，燎原的红，
向明天，贯长风，
照耀江山万代红。

注：2019 年，创作于中国音协全国优秀青年词曲作家高级研修（第二期）特培班。发表于《音乐天地》2021 年第 2 期。

歌词篇

从红岩走过

听过你的故事，
唱过你的赞歌，
今天从红岩走过，
心就跳动起炽热。

牢记你的嘱托，
不忘你的求索，
今天从红岩走过，
梦就染成了红色。

再看看带血的枷锁，
走走哭泣的松林坡，
我知道那面旗帜，
永远绣着一团不熄的火。

从红岩走过，我们一遍遍思索，
叩问初心，誓言可还记得？
从红岩走过，我们一步步开拓，
红岩不朽，信仰映红山河。

注：2019 年，创作于中国音协全国优秀青年词曲作家高级
研修（第二期）特培班。

北京有约

以冬梦之名，赴一场约定，
让飞扬的渴望再次欢聚北京。
轻轻一跃，翩若冰上惊鸿，
盈盈一笑，恰似雪面玲珑。

以冰雪为墨，绘一卷激情，
在长城的怀抱苏醒爱的眼睛。
心底如火，融化三尺寒冰，
身影如虹，剪裁万种风情。

北京有约，一起去滑行，
哪怕跌倒也不忘追逐春风。
冰雪传情，一片雪融融，
这个冬天注定会不虚此行。

北京有约，一起去滑行，
所有感动像五环彼此相拥。
冰雪传情，一片雪融融，
你我同行是世界最美的风景。

重逢在北京

带着盛夏的热情，
共赴冰雪的约定，
我和你重逢在北京，
梦想随着雪花舞动。

一如红梅的笑容，
绽放生命的晶莹，
这一刻青春在跳动，
心儿滑出无限光荣。

飞驰的身影，重逢在北京，
满天的礼花见证每一次感动。
旋转的脚步，重逢在北京，
这个冬天因重逢温暖在心中。

燃烧的激情，重逢在北京，
开怀的长城拥抱每一颗心灵。
纯洁的向往，重逢在北京，
整个世界因重逢凝结成永恒。

和冰雪一起飞

冬雪纷飞将大幕开启，
约会世界在北京相聚，
长城抒怀一展大好河山，
每个身影都是飘逸的诗句。

一腔激情从冰上跃起，
一身纯洁在脚下写意，
逐梦竞发滑出拼搏足迹，
每滴汗水都是晶莹的记忆。

和冰雪一起飞，
飞在梦想天地，
更快更高更强，
放眼四海超越自己。

和冰雪一起飞，
飞出生命传奇，
地球旋转不息，
唯有你我永驻心里。

注:发表于《音乐天地》2021 年第 6 期。

一起来滑雪

说好冰雪季节，我们来滑雪，
你可收到冰墩墩，发出的邀约。
聚在长城脚下，我们来滑雪，
你可看见雪容融，热情的迎接。

带着希望出发，我们来滑雪，
笑声落在雪地上，多么的亲切。
追着冬奥阳光，我们来滑雪，
激情绽放天地间，多么的热烈。

我们来滑雪，一起来滑雪，
冰雪凝结的梦想雪一样纯洁。
我们来滑雪，一起来滑雪，
漫天飞舞的欢乐洒向全世界。

我们来滑雪，一起来滑雪，
冰雪装扮的山川把友谊连接。
我们来滑雪，一起来滑雪，
一路同行的歌声向未来飞越。

相聚在此

——为杭州 2022 年第 19 届亚运会而作

西湖涟漪,长江潮汐,
等你等我,等一次相聚。
从千里到咫尺,
从眼里到心底,
花开盈盈笑意,
融通千言万语。

牵手是桥,并肩是堤,
为你为我,为一次相聚。
让目光更默契,
让记忆更传奇,
瞬间一道光亮,
闪耀永恒主题。

杭州有约,相聚在此,
相视一笑,美丽不用虚拟。
爱若不离,谁都可以,
感动也充满诗意。

五环之约,相聚在此,
聆听心跳,岁月如此清晰。
未来可及,梦想可期,
一切从相聚开始。

注：李彦璋作曲、演唱，入围 2022 年第 19 届亚运会原创音乐作品征集活动抖音分赛区 30 首候选名单。发表于《音乐天地》2021 年第 6 期。

如果你能听见

歌乐山,松林坡,
你的故事在传说。
漫漫长夜苦难多,
小小年纪你笑着走过。

石榴花,红似火,
是你用心浇灌过。
如今树高结硕果,
品尝的人却少你一个。

如果你能听见,
小萝卜头哥哥,
你最渴望的生活,
我已唱成幸福的歌。

如果你能听见,
小萝卜头哥哥,
你没画完的梦想,
我会画成美丽的祖国。

注:邵荣震作曲。2019 年,创作于中国音协全国优秀青年
词曲作家高级研修(第二期)特培班。

歌词篇

祖国真好

有花有草,还有阳光照耀,
这是用爱搭起的城堡。
有你有我,还有一群小鸟,
飞来飞去唱着歌谣。

眼里心里,这里多么奇妙,
微笑就是快乐的法宝。
梦里歌里,生活多么美好,
大手小手一起创造。

祖国真好,是温暖的怀抱,
爱心和童心在歌声中舞蹈。
种子在发芽,小树在长高,
我们迎着霞光向祖国问好。

祖国真好,是幸福的怀抱,
文明像春风在笑容里萦绕。
蓝天看得见,白云听得到,
我们追着希望把明天拥抱。

小百灵，歌唱吧

向着太阳放歌，太阳暖心窝，
迎着春风放歌，春风也来和。
展开梦的翅膀，唱遍每个角落，
蓝天高高白云下，那就是我。

歌声飞过田野，田野结硕果，
歌声飞过黄河，黄河荡金波。
徜徉爱的家园，心儿不会寂寞，
赞美今天好生活，听我唱歌。

啦啦啦……
小百灵歌唱吧，唱出欢乐，
新时代的春天，有我更蓬勃。
一串串音符，播洒一片祥和，
祖国的百花园开满幸福花朵。

[咏·幸福之歌]

更好的日子

为什么果树长满荒山头，
为什么笑声围着溪水流，
为什么种子急着探出头，
春雨过后就结出个金灿灿的秋。

为什么老屋不见变新楼，
为什么高铁通到家门口，
为什么燕子做窝不想走，
一条大路不再弯过九十九道沟。

因为咱都有一双勤劳的手，
因为你带着我们一起奋斗。
耕耘的岁月，幸福挂满枝头，
梦想在前铺开锦绣，
更好的日子还在后头。

注：邵荣震作曲，吕继宏演唱。2020 年荣获山东省"小康协奏曲——公益歌曲征集展播活动优秀歌曲"。2021年荣获"百年梦 黄河情"河南省群众文艺作品征集一等奖。

幸福人家

掬一缕真情,沏一杯茶,
让家的温馨为你解解乏。
跟孩子谈谈心,陪父母说说话,
打开心窗约会那喜盈盈的满天霞。

幸福人家,幸福住咱家,
幸福的日子欢欢喜喜看节节开花。
幸福人家,幸福你我他,
幸福的笑容甜甜蜜蜜天天都在脸上挂。

揣一份祝福,暖一颗心,
用爱的短信说句悄悄话。
有空儿去散散步,没事儿就读读书,
锅碗瓢盆儿装不下香喷喷的好年华。

幸福人家,幸福住咱家,
幸福的生活年年岁岁得细细描画。
幸福人家,幸福你我他,
幸福的明天红红火火家家盛开幸福花。

注:2005 年 7 月,荣获第七届"风采杯"全国词曲作品比赛
一等奖第一名。发表于《歌海》第 4 期。

歌
词
篇

小康之约

铺好进村的大道,约上山花的微笑,
搬进新盖的住房,约上喜鹊的喧闹,
约上早春的清茶,约上金秋的大枣,
约上绿水青山,把乡情醉倒。

拔掉心中的荒草,约上长高的果苗,
乘着来往的车辆,约上广阔的目标,
约上脱贫的门道,约上致富的妙招,
约上家乡父老,把幸福创造。

小康之约,一个都不能少,
约上祖传的勤劳,让丰收津津乐道,
小康之约,一年比一年好,
约上蓬勃的希望,让田野长满自豪。

小康之约,一个都不能少,
约上千年的期盼,让奋斗圆梦今朝,
小康之约,一年比一年好,
约上更好的未来,让阳光一路领跑。

为幸福代言

这里的瓜很甜,这里的菜很全,
这里的杂粮纯天然,请你来看看。
这里的茶很香,这里的酒很绵,
这里的鱼虾味道鲜,听我来代言。

这里的水很清,这里的天很蓝,
这里的生态农家院,请你来转转。
这里的树很多,这里的花很艳,
这里的草能编成宝,听我来代言。

为乡村代言,为幸福代言,
为越变越甜的好日子,再添一把柴。
为乡村代言,为幸福代言,
为越走越宽的小康路,一起加油干。

为乡村代言,为幸福代言,
为越变越甜的好日子,再把喜讯传。
为乡村代言,为幸福代言,
为越走越宽的小康路,一起把梦圆。

注:呼国正作曲,张建勋演唱。2020年成为河南省原创歌曲、器乐曲征集活动入选作品。

歌词篇

· 057 ·

我们的小康

爷爷曾经盼,奶奶曾经想,
梦了千年的小康我们已经赶上。
看看路宽广,走走心宽敞,
聊聊今天的家乡都说变了样。

汗水砌的墙,勤劳盖的房,
摆脱贫困的老乡推开幸福的窗。
种下一片绿,飘出满园香,
致富路上的喜讯天天都在讲。

我们的小康,美美的小康,
穿在衣服上,是闪亮亮的模样。
我们的小康,共同的小康,
摆在餐桌上,是香喷喷的时光。

我们的小康,甜甜的小康,
挂在枝头上,是沉甸甸的希望。
我们的小康,共同的小康,
放在心坎上,是喜洋洋的歌唱。

注:李昱霖作曲,蒋涵、张建勋演唱。荣获河南当代歌曲创
作精品工程"听见中国听见你"2020 年度优秀歌曲。

越来越幸福

勤劳握在手中是稳稳的幸福，
自信挂在脸上是美美的幸福，
小康阳光照进城乡每寸沃土，
日新月异收获最大的幸福。

五谷飘来芳香是丰收的幸福，
万家亮起灯火是平安的幸福，
青山绿水展开一幅生态画图，
一带一路让世界共享幸福。

看能看得清楚，摸能摸得住，
你的蓝图描绘着我们的幸福，
春风化作音符，心儿在飞舞，
美好生活新时代越来越幸福。

看能看得清楚，摸能摸得住，
万紫千红亮丽了我们的幸福。
春风化作音符，心儿在飞舞，
中国道路有特色明天更幸福。

（白）大红对联贴出吉祥的祝福，
团圆餐桌摆出舌尖上的口福，
中国故事看精彩一饱了眼福，
福天福地好一个中华全家福。

祝福长辈福如东海多寿又多福，
希望孩子快乐成长健康又幸福，
春暖花开一年年迎新又纳福，
福佑天下齐努力为人类造福。

注：朱瑞雪作曲，王维、齐欣演唱。2019年荣获第十三届河南省"群星奖"音乐舞蹈大赛三等奖。同年，荣获福建省庆祝新中国成立70周年歌曲征集评选入选作品奖、安阳市第九届精神文明建设"五个一工程"奖。

红薯的故事

爷爷说他小时候，就住在这个村庄，
一块地呀一口井，还有几间茅草房。
想起当年清苦的日子，他总说很难忘，
一天三顿红薯饭，伴随他童年时光。

寒来暑往几十年，爷爷有了新梦想，
田间种满红薯秧，没事总在地里忙。
他说如今红薯很吃香，还能卖到大市场，
一棵能收一大筐，个个甜在他心上。

致富遇上好年头，村里村外变了样，
爷爷带领乡亲们，红薯种出大名堂。
希望就像那红薯苗，长势特别的旺，
生活飘出了红薯香，人人叫他"红薯王"。

红薯的故事，传遍了十里八乡，
红薯的故事，听起来让人欢畅，
心中多少向往，在地里一天天生长，
幸福的收获要让更多人分享。

红薯的故事，讲述着小村过往，
红薯的故事，种出了小康梦想，
农家多少笑声，和红薯在一起窖藏，
勤劳的秘方要给更多人来讲。

歌
词
篇

注：发表于《词刊》2020年第12期。朱瑞雪作曲，王维演唱。参加2019年"中国梦·劳动美"千场演出送基层龙安区专场演出。

雪山下的梦

祥云在蓝天上飞旋，
落脚在雪山。
笑容在雪山下盛开，
比格桑花还艳。
谁都知道，谁都看得见，
欢乐的锅庄忍不住向你表白。

热情的篝火，幸福的炊烟，
山水之间，草长春天。
青稞酒品出小康来，
藏家日子越过越甜。

祥云在蓝天上飞旋，
落脚在雪山。
笑容在雪山下盛开，
比格桑花还艳。
谁都知道，谁都看得见，
多情的哈达一直在为你流连。

画里的家园，心中的感谢，
最想唱给你扎西德勒，
你眺望天边的那片天，
带领我们把梦实现。

注：张艺凡作曲。

歌词篇

农民画里看农家

采一片高粱的火红，
把喜悦表达，
采一簇谷穗的金黄，
把梦想描画。
耕耘着春秋，
迎来了冬夏，
希望的田野是画不完的农民画。

采一缕乡土的芬芳，
在画里挥洒，
讲一段岁月的佳话，
在画里传达。
蘸几多汗水，
绘几多期盼，
致富的农家是看不够的农民画。

农民画呀农民画，
农民画里看农家，
美丽可爱，朴实无华，
山山水水都有新变化。

农民画呀农民画，
农民画里看农家，
看啥画啥，画啥有啥，
小康美景越过越潇洒。

注：发表于《音乐天地》2019年第3期。

山水小镇

告别了山路崎岖，
不再是偏远的记忆。
山开始有了生机，
水也在眼前嬉戏。
那一座石桥站立，
依旧是默默不语，
却记得来往的脚印，
变得又多又密。

沐浴着春风春雨，
换上了小康的新衣。
山举起美丽朝夕，
水映出平安四季。
这一座山水小镇，
有太多传奇故事，
连小楼窗前的灯光，
都把幸福亮起。

山水小镇在哪里，
在出城往西一百里。
山水小镇在哪里，
在心里梦里歌声里。

山水小镇在等你，
用山的胸怀迎接你。

歌词篇

山水小镇在等你，
用水的柔情拥抱你。

注：张百顺作曲，常青月儿组合演唱。发表于《音乐天地》
2021 年第 2 期。

农家面馆

（白）老乡，来碗面——

开在村头的柳树下，
不问也能找到，
香在游客的舌尖上，
不用去做广告。
一家新开的农家面馆，
生意很火爆，
一天到晚地迎来送往，
忙坏了大哥和大嫂。

都夸这里的面地道，
有种幸福味道，
都说这面里有故事，
要吃过才知道。
只是大嫂在这面里，
揉进了勤劳，
只是大哥在这汤里，
融进了脱贫的自豪。

农家面馆，就是这样奇妙，
不算豪华，不算新潮，
却煮出了满屋欢笑。

农家面馆，就是这样美好，

歌词篇

一碗热情，一道风景，
看好日子越来越好。

（白）老乡，再来一碗——

幸福花开盛世春

年年最盼是新年，
天天最盼是春天，
冬雪过后重逢的是笑脸。

家家最盼是团圆，
人人最盼是平安，
欢歌笑语不夜天，
一声声都是祝愿。

家家最盼是团圆，
人人最盼是平安，
绿水伴着青山唱，
唱不尽国泰民安。

千里万里梦相连，
家在心里路不远。
看幸福花开，
有亲情相伴，
好日子一年又一年。

四海欢腾在今天，
八方欢聚向明天。
从春天出发，
有阳光相伴，
每个梦都会精彩实现。

注：李彦璋作曲。参加 2021 年安阳市春节电视文艺晚会。

歌词篇

幸福咱就一起唱

有田不愁吃，
有桑不愁穿，
只要汗水来浇灌，
花开不愁果不甜。

有风能扬帆，
有雨能浇田，
只要心齐人不懒，
荒山也能绿满川。

有梦山不高，
有脚路不远，
只要找到了方向，
步步都是艳阳天。

幸福咱就一起唱，
困难咱就一起担，
小康就像一首歌，
唱得咱心里暖。

幸福咱就一起唱，
好梦咱就一起圆，
小康就像一条路，
走得那天地宽。

注：发表于《音乐天地》2021 年第 1 期。

甜甜的采摘节

听说山那边，有片采摘园，
风儿传喜讯，瓜果正香甜。
那是脱贫致富结出的果哎，
甜在咱心间，香飘十里远。

不到山那边，不知天多蓝，
不到采摘节，不知梦多甜。
岁月挂在枝头笑红了脸哎，
就等你到来，分享这份甜。

甜甜的采摘节，
满满的幸福感，
一手采，一手摘，
一滴汗水一份甜。
你看那——
苹果红红笑开颜，
你看那——
石榴籽红红抱成团，
一个，两个，三个，五个，
六个，七个，八个，十个，
像红红的日子哎，
数呀么数不完。

甜甜的采摘节，
美美的新画卷，

你来采，我来摘，
欢声笑语装一篮。
你看那——
串串辣椒惹人眼，
你看那——
串串葡萄把嘴馋，
一串，两串，三串，五串，
六串，七串，八串，十串，
串成了小康梦哎，
圆梦呀在今天。

边走边唱

从未想过路有多长，
只想把梦想带在身旁。
一路奔放我边走边唱，
什么时候都能找到自己的方向。

我虽平凡心却坦荡，
我的爱带着泥土芳香。
人生舞台我边走边唱，
不管唱歌还是戏曲都是真情流淌。

（戏）我唱那勤劳换来幸福长，
我唱那善良能使爱无疆，
我唱那光明磊落清风爽，
我唱那忠义情孝好风尚。

（戏）走过了春暖花开唱希望，
走到了金秋满仓唱兴旺，
走遍了千山万水唱美景，
走出了风调雨顺唱吉祥。

（白）小时候最爱听那歌星大腕的唱，
心想着哪天自己也像他们那样。
就这样跟着慢慢地学来就这样不停地唱，
不知不觉歌声伴我走过了多少美好时光。

歌词篇

（白）长大后一天不唱心里就痒痒，
　　　不论高兴还是悲伤唱起来那叫爽。
　　　带着当初的梦想把生活一遍一遍唱响，
　　　不管未来怎样一路歌唱就能找到梦的天堂。

　　　边走边唱，我神清气爽，
　　　跃动的心跳在为我鼓掌。
　　　边走边唱，我随风飞扬，
　　　唱出个艳阳是我青春绽放光芒。

　　　边走边唱，我走得欢畅，
　　　浑身是力量谁也不能阻挡。
　　　边走边唱，我唱得响亮，
　　　哪里有歌声哪里就有欢乐荡漾。

　　注：李彦璋作曲，浩启冬演唱。

［咏·文明之光］

甲骨颂
——大型原创合唱组歌

（朗诵）翻阅历史长卷，探寻华夏起源。"一片甲骨惊天下"。那些沉睡了三千多年、浸润着祖先卓越智慧的甲骨文，犹如一道绚丽的光芒，点亮了中华大地绵延不息的文明曙光，更像一把神奇的金钥匙，带我们找到了汉字的源头和中华优秀传统文化的根脉。让我们溯源而上，一同开启中华民族薪火相传的文明记忆，共同走进甲骨文那震古烁今的旷世传奇。

序

甲骨之光

泱泱华夏百代薪，
煌煌汉字千载春，
水有源，树有根，
甲骨文脉连古今。

经刀淬火抵万金，
亦字亦画显神韵，
刻在骨，铭于心，
铸就铮铮民族魂。

你是时间的掌纹，
你是文明的足印，

歌词篇

悄无声息,历劫风尘,
捧给世间梦与真。

你是生命的年轮,
你是记忆的闸门,
日月星辰,沧海浮沉,
甲骨烁光耀乾坤。

第一乐章　发现

（朗诵）寻觅甲骨文的前世今生,我想知道,经历了刀锋火炼的洗礼,会是怎样的面容?深埋了三千三百年的光阴,该有多少故事?还有1899年,进入清代学者王懿荣视野中的那些"龙骨"上的奇异纹络,是不是在向人们神秘的暗示?终于,人们在安阳殷墟找到了甲骨文的诞生之地,并从一道道深深的刻痕中体会着它的博大精深和生命轨迹。

龙骨上的谜

有一个故事,
从一味中药说起,
服药的人叫王懿荣,
在龙骨上看到了神奇。

这一段历史,
因龙骨引发深思,
上面的刻画是个谜,
让多少人探寻不息。

龙骨上的谜，
蕴藏着多少玄机，
那是祖先刻下的印迹，
谁能说出其中奥秘？

龙骨上的谜，
看起来似曾相识，
它是中华汉字的源头，
谜底已成千古传奇。

从殷墟走来

想说的不止万语千言，
一切都付于刀锋火炼，
那么厚一部沧海桑田，
就这样封存三千三百年。

守候的可是心念所盼，
是谁问苍天千遍万遍，
参不透世事几多变幻，
都藏进甲骨任岁月翻看。

你从殷墟走来，
给世界一个惊叹。
曾经相隔如此遥远，
一朝相见近在眼前。

你从殷墟走来，
向天地一展容颜。

歌
词
篇

纵然时光匆匆飞转，
刻下瞬间亦是永远。

第二乐章　探源

（朗诵）穿行于汉字文化的长廊，纵览汉字的演变历程，我们看到从金文到篆书，从隶楷到行草，无不蕴含着甲骨文的灵魂和气质。有道是：横平竖直皆风骨，撇捺翩跹尽神韵。作为汉字之源，甲骨文自诞生起就是美的载体，它行笔如画，宛若人体之美；寓意如诗，宛若天地之语。数千年来，不改其形，不忘其魂，巍然挺拔着中华民族生生不息的文化根脉。

汉字之源

（白）说殷商，甲骨现，
　　道西周，金文连，
　　秦朝一统是小篆，
　　书同文字到西汉。
　　隶写扁，楷写端，
　　草书行书飞上天。
　　谈古论今几千年，
　　汉字之源一脉传。

　　提笔写下每个汉字，
　　都有你的身影浮现，
　　金文小篆隶楷草行，
　　都有你的神韵翩跹。

春花秋月气象万千，
都在你的世界流连，
千古文章翰墨飘香，
都把你的智慧赞叹。

你是传世之宝，
你是汉字之源，
甲骨文，惊天下，
闪耀中华泽万年。

你是传世之宝，
你是汉字之源，
甲骨文，薪火传，
留给后人续新篇。

遇见你如此美丽

从看到你的第一眼起，
你的美丽就让我痴迷，
一横张开双臂，
一竖挺立身姿，
撇捺之间是舞动的涟漪。

从遇见你的那一刻起，
你的美丽就让我铭记。
情在字里会意，
爱在画中隐喻，
方寸之间有无声的言语。

遇见你如此美丽，

歌词篇

宛若时空交错的传奇。
我愿从一笔一画写起，
只为读懂你的美丽。

遇见你如此美丽，
一眼看尽多彩的天地。
我想把你的故事传递，
让天下共赏你的美丽。

第三乐章　传承

（朗诵）方方正正甲骨文，堂堂正正中国人。甲骨文，不仅是中华民族珍贵的文化遗产，也是我们人类共同的精神财富。作为甲骨文的传人，我们要倍加珍视甲骨文这一中华文化瑰宝，用书写传承文明，用传承创造未来。

爱上甲骨文

带着几分好奇，
走近甲骨文，
甲骨文里有智慧，
甲骨文里有乾坤。
一个字，一幅画，
一个故事一颗心。
妙趣横生，博大精深，
让我爱上甲骨文。

怀着几多敬意，

走近甲骨文，
侧立为人跟为从，
三人为众不离分。
圈中点，红日升，
半圆加点月似银，
羊大为美，女子为好，
美好尽在甲骨文。

爱上甲骨文，
凝聚中国心，
写好中国字，
做好中国人。

甲骨文告诉我

不用翻家谱，
不用看史册，
一笔一画的传承，
我们都记得。

不灭是薪火，
不屈是本色，
堂堂正正的含义，
我们都懂得。

甲骨文告诉我，
我们同根同源同一个脉搏。
一代代求索，一次次跋涉，
顶天立地的我们就是丰碑一座。

甲骨文告诉我，
古今多少梦想催我们开拓。
智慧的脉络，自信的光泽，
一个大写的民族永远兴旺蓬勃。

尾　声

（朗诵）片片甲骨，讲述着悠悠历史；煌煌汉字，承载着泱泱文明。从远古走来，我们在文字中品味文化；向未来走去，我们在文化中触摸文明。回望历史的源头，同祖同宗的中华儿女，因中华民族的文明滋养而生生不息；展望时间的远方，那光华璀璨的中华民族文明图谱，必将刻于我们心中，融于我们血脉，传承不朽，万世永恒。

不朽的文明

黄河的波涛传来远古的回声，
甲骨的面容舒展历史的天空。
翻阅诗书万卷，纵览水墨江山，
看汉字大写的民族郁郁葱葱。

长城的脊脉绵延追梦的进程，
青铜的表情记录精神的永恒。
炎黄同祖同宗，子孙血脉相通，
听心灵吟诵的共鸣气贯长虹。

以岁月之痕，敬生命之重，
以甲骨之名，颂万世之荣，

花开千丛,日月如行,
神州大地传承不朽的文明。

以岁月之痕,敬生命之重,
以甲骨之名,颂万世之荣,
天地为证,和谐为梦,
灿烂中华传唱不朽的文明。

　　注:孙永健作曲。该作品入选安阳师范学院甲骨文活化利
用培育项目。

寻根甲骨

说来很远,远在岁月深处,
看着也近,近在片片甲骨,
每一次书写落下的笔触,
都如你当初刻画的风骨。

沧海不复,沉默也是倾诉,
万千纹路,交汇繁华无数,
珍藏着刀锋火炼的温度,
每个字都是追梦的脚步。

寻根甲骨,
你是读不完的书;
寻根甲骨,
你是砍不断的树。
刻着一样的家谱,
让心能找到归途。

寻根甲骨,
你是读不完的书;
寻根甲骨,
你是砍不断的树。
守住这一方热土,
大写着中华民族。

注:呼国正作曲,王沙塬演唱。入选 2020 年度河南省精神
文明建设"五个一工程"重点项目。发表于《音乐天地》2021
年第 6 期。

中华文字

悠悠千年，
谁创造一个传奇？
茫茫大地，
留下文明的足迹。
横平竖直，
撇捺点提，
中华文字蕴藏着多少奥秘。

一笔一画，
可书写千古诗句。
方正之美，
引来世人的赞誉。
甲骨篆隶，
繁简同义，
中华文字传承着生生不息。

一个字一个故事，
一个字一片天地，
你是智慧的凝聚，
你是永恒的记忆。

一个字一个传说，
一个字一份情意，
你从远古走来，
你把未来开启。

[咏·真情之美]

好邻居

（童白）你拍一，我拍一，你家我家在这里，
你拍二，我拍二，我们都是好邻居。

小小社区，我们住在一起，
门对门，墙挨墙，结成了好邻居。
有空儿去串串门儿，没事儿来下下棋，
楼下炒菜楼上香味儿四溢。
看你家的胖丫丫跟我家的小妞妞，
常在一起过家家，还拍手做游戏。

赵钱孙李，我们亲如一家，
心换心，情暖情，永远是好邻居。
友爱像好姐妹，宽容似亲兄弟，
一家有喜事几家忙碌欢喜。
看门前的树荫下和对面的花丛里，
扶老携幼心相随，同唱这好日子。

好邻居，亲密的好邻居，
家家窗户都关不住那欢歌笑语。
好邻居，和睦的好邻居，
天天见面也聊不够这邻里情意。

（童白）你拍一，我拍一，真情系着我和你，
你拍二，我拍二，幸福连着好邻居。

注:2006 年 8 月,发表于《歌海》第 4 期。2008 年,经朱瑞雪谱曲后,荣获河南省第十四届歌曲创作评选一等奖。2009 年5 月,荣获全国优秀流行歌曲创作大赛提名奖、华北赛区优秀奖、河南赛区金奖。歌曲先后由冯晓泉、曾格格及胡力、金迈等多位歌手演唱。

揣一份祝福带回家

窗外的雪花是你寄来的牵挂，
深情的电话带着几分沙哑。
人生的故事走过春秋冬夏，
漂泊的心哪也该飞回屋檐下。

多情的列车是我匆匆的步伐，
回家的感觉已把思念融化。
欢聚的时刻共度喜乐年华，
久别的人哪该有多少心里话。

揣一份祝福带回家，
再冷的冬天真情也会开花。
它也许简单却从不虚假，
它是我们最真最深的表达。

揣一份祝福带回家，
温暖的阳光织出幸福彩霞。
祝福亲人，祝福朋友，
祝福我们最美最好的家。

注：2004 年 1 月 23 日，发表于《音乐周报》。周少杰作曲，曾参加 2004 年安阳市春节电视文艺晚会，中央电视台三套《八面来风》播出。安阳电视台拍摄 MV 广泛播出。荣获河南省第七届精神文明建设"五个一工程"奖。

儿女孝心

人间情最真,天下父母心,
儿女一年年长大成人,最知父母恩。
乌鸦反哺,羊羔跪乳,
一颗孝心捧出了爱的温馨。
(伴)孝敬父母不能等,孝心胜黄金。

儿女孝心是亲情的表达,
迢迢千里隔不断骨肉情深。
真情报答你啊,不论贫穷富有,
只愿孝心伴着你我的父母亲人。

历尽苦和累,秋风染双鬓,
父母一天天年迈苍老,最牵儿女心。
一杯热茶,一声问候,
陪伴父母道不尽多少欢欣。
(伴)都说天下孝为先,孝心暖如春。

儿女孝心是无言的感恩,
今生为你尽孝是最大的幸运。
寸草报春晖啊,做个孝顺儿女,
只愿孝心伴着你共享幸福天伦。

注:发表于《词刊》2012年第6期。李彦璋作曲,荣获"文明河南建设"河南省歌曲征集一等奖、河南省第十七届歌曲创作评选二等奖、"中国梦·敬老情"河南省原创文艺作品征稿活动铜奖、安阳市第六届精神文明建设"五个一工程"奖。入选《河南省"践行价值观、文明河南建设"歌曲集》。

歌词篇

迟来的陪伴

是不是我不长大，
你就老得慢一点？
是不是我不淘气，
你的白发会少一点？

是不是我走多远，
你的心就跟多远？
是不是我做什么，
你都要唠叨多少遍？

其实我知道，你也很平凡，
却给了我太多的快乐和温暖。
原谅我年少，不懂你的爱，
错把这一切当作你的习惯。

后来我知道，你也需要我，
却总是默默地看着我走远。
如今我要转身，回到你身边，
但愿这份陪伴来得不是太晚。

注：刘振峰作曲。发表于《音乐天地》2021 年第 6 期。

我们是一家

暴雨不停地下,漫过我们的家,
幸福如花的生活突然失去光华。
看不清家在哪里,看不见路在何方,
却能听到一个声音,告诉我们是一家。

我们是一家,不分你我他,
危难之中挽起手,就是坚强的堤坝。
我们是一家,一个都不落下,
万众一心朝前走,哪怕风狂雨再大。

洪水无情地涨,淹没我们的家,
多少忙碌的身影向着呼唤出发。
也许是姐妹兄弟,也许是父老乡亲,
此刻和我们在一起,血脉相连是一家。

我们是一家,不分你我他,
爱心凝聚天地间,真情和生命对话。
我们是一家,一个都不落下,
风雨过后蓝天下,梦想依然会开花。

注:呼国正作曲。2016 年参加安阳市"7·19"抗洪救灾大
型募捐义演活动。荣获河南省第二届网络作品"七个一工程"
优秀作品、安阳市第七届精神文明建设"五个一工程"奖。

歌
词
篇

当兵的兄弟

不需要走近你，就能认出你，
风雨中的绿军衣就是那样熟悉。
一副铁身板，扛起了忠诚和信念，
一颗善良心，跳动着百姓悲与喜。
巡逻站岗的是你，
出生入死的是你，
你走过的每一个足迹，
都让我们看到春光万里。

每一次想起你，都感动不已，
旗帜上飞扬的青春把希望传递。
穿过冰雪寒，燃烧的激情暖人心，
越过洪水狂，挽起了臂膀筑长堤。
生命呼唤中有你，
期待目光中有你，
你高举着每一次凯旋，
伴着热血写下大爱传奇。

真心地感谢你，我当兵的兄弟，
每次危难关头，有你就有平安的消息。
让我再看看你，我当兵的兄弟，
为你把汗水擦去，用笑容送上我真诚的敬意。

真心地感谢你，我当兵的兄弟，
祖国需要的时刻，都有铿锵的步履，

人们都赞美你，我当兵的兄弟，
愿和你心心相依，共建幸福家园生生不息。

注：李彦璋作曲。2016 年参加安阳市"7·19"抗洪救灾大
型募捐义演活动。

相伴你我

同行这条路,请用心铭刻,
曾经的风雨我们怎样走过?
纵然坎坷再多,跋涉万里星河,
越过高山的我们像山一样巍峨。

就在这一刻,请把手给我,
遥远的距离怎能把爱阻隔?
哪怕力量微薄,凝聚就是磅礴,
创造奇迹的我们就是这样执着。

爱的家园,相伴你我,
无数逆行的脚步还在日夜奔波。
爱的承诺,相伴你我,
生命的蓬勃因我们同心相合。

爱的家园,相伴你我,
没有硝烟的战场只有无悔拼搏。
爱的承诺,相伴你我,
最美的风景是我们牵手走过。

注:呼国正作曲,王沙塬演唱。2020 年荣获河南省群文系统"众志成城 抗击疫情"文艺作品征集舞台艺术类作品一等奖。

等你凯旋

说你伟大，说你平凡，
你也有担心，你也有思念，
生命之路有你呵护，
一身圣洁把心灵温暖。

几多泪滴，几多辛酸，
再苦也不说，再累也无怨。
生死战场逆行向前，
一声召唤为人民而战。

为你感动，为你点赞，
你在病床前，你在我身边。
一个眼神就是诺言，
在我心里你恩重如山。

普天之下，大爱无边，
你的初心我能听见。
与你相伴，春暖花开，
我盼你平安等你凯旋。

注：邹志坚、毛成东作曲，李彦璋演唱。安阳电视台制作
MV 广泛播出。2020 年荣获河南省群文系统"众志成城 抗击
疫情"文艺作品征集舞台艺术类作品三等奖。

天地大爱

读懂了微笑，就找到家的关怀，
点亮了心灯，就看见春潮澎湃，
茫茫人海一条神奇的飘带，
咫尺天涯把我们连成一脉。

张开了臂膀，能冲破一切阻碍，
捧出了阳光，能温暖无限期待，
天地之间一条真情的纽带，
牵着你我从昨天走向未来。

天地大爱，无处不在，
它来自火热胸怀，能跨越千里之外。
天地大爱，无须表白，
每一滴泪水滑落，都化作幸福所在。

天地大爱，风雨不改，
它撑起梦的长空，守护着一路精彩。
天地大爱，花开不败，
每一道生命之光，都向着希望铺开。

注：发表于《词刊》2021年第1期。朱发雄作曲，张文静演唱。

站在一起

风来了,吹皱了笑脸,
雨来了,遮住了双眼,
看不见的硝烟,笼罩着不安,
却能听到天地间爱的誓言。

你来了,温暖着心田,
我来了,传递着信念,
手牵手的防线,捍卫着家园,
没有什么能阻挡脚步向前。

我们站在一起,心就靠在一起,
黎明总在黑夜的尽头出现,
我们站在一起,梦就连在一起,
再远的征程也会到达彼岸。

我们站在一起,心就靠在一起,
春天总和寒冷的冬天相伴,
我们站在一起,梦就连在一起,
幸福的光芒会照耀在身边。

注:创作于 2020 年 2 月,宋广斌作曲。

歌词篇

加油，加油

一条路，一起走，
一条心，一双手，
哪怕前方有风雨，
我们从不回头。

一座城，爱相守，
一个家，情常留，
血脉相连共春秋，
我们甘苦同舟。

加油，加油，
我们一起加油，
一起追着远方不灭的星斗。
加油，加油，
我们一起奋斗，
一起珍存我们幸福的拥有。

加油，加油，
我们一起加油，
一起咽下伤痛拼搏到最后。
加油，加油，
我们一起奋斗，
一起笑看花开牵手到永久。

注：创作于 2020 年 2 月，王萌作曲。

爱的早春

一个锥心刺骨的寒冬，
冰封了她的生命。
我独自迎着凄冷的寒风，
流干了泪水，哭哑了喉咙，
涓涓的母爱从此失去踪影，
绝望的心灵该何去何从？

一个乍暖还寒的早春，
吹来了一缕春风。
像离散多年母亲的柔情，
融化了伤痛，温暖在心中。
慈祥的目光陪我走过泥泞，
告诉我未来还会有风景。

爱的早春，有份真情在流动，
让枯萎的花朵重获蓬勃新生。
爱的早春，有个故事在传颂，
让天地人间永驻万紫千红。

注：与王成吉合作，尤卫东作曲，贾文虎演唱。

歌词篇

彼此的骄傲

人来人往,心在哪里停靠,
有一种守候把你拥抱,
甜甜地笑,慢慢地聊,
我想约你一起去看岁月静好。

目光聚焦,梦会随风舞蹈,
用一份感动拂去纷扰,
不曾发觉,记忆萦绕,
串成我们牵手走过那些美好。

看,往事掠过发梢,
风雨多少都不重要。
太多言语不说也明了,
只要相伴春天转眼就到。

听,耳边响起歌谣,
就像遇见那次心跳。
纵然光阴改变你和我,
我们已经成为彼此的骄傲。

爱,越过千里迢迢,
两行脚印叠成依靠,
这是我们的故事,
我会珍藏到老。

注:发表于《音乐天地》2019 年第 3 期。

一辈子的同学

不知不觉，一晃多少年，
亲爱的老同学，我们好久不见。
同窗的记忆还停留在昨天，
眼前的笑容却找不回从前。

一句称呼，还是那样喊，
亲爱的老同学，那份情谊不变。
聊起的往事都藏进了白发，
端起的酒杯把那离别喝干。

一辈子的同学，
一辈子的缘，
都说青春会散场，
可我们的心不散。

一辈子的同学，
一辈子的情，
握紧最真的祝愿，
我们都幸福平安。

注：发表于《音乐天地》2019 年第 3 期。

歌词篇

等不起的爱

十月怀胎,育儿成才,
曾经的风华转眼已是年迈。
一生牵挂,从未松开,
哪怕步履蹒跚青丝斑白。

一针一线,一饭一菜,
太多的疼爱融进儿女血脉。
春风秋雨,千里之外,
总有温暖阳光荡漾心海。

等不起的爱,快大声说出来,
没有什么比这更真实的表白。
冬去等春来,春来等花开,
唯有尽孝经不起等待。

等不起的爱,把孝心捧出来,
不要错过天下最深情的期待。
多一些陪伴,多一些关怀,
别把遗憾留给未来。

今生夫妻

不知道老了会是什么样子，
只怕身边没有你。
年轻时的争吵，
争吵后的亲昵，
都将成为最甜蜜的回忆。

不在乎未来还有多少风雨，
只想和你在一起。
平淡中的欢笑，
欢笑中的泪滴，
见证我们最真挚的相依。

今生夫妻，爱在心底，
没有彼此的生活就失去意义。
今生夫妻，执手不离，
好好珍惜这命运安排的相遇。

不要再说对不起

把你的样子慢慢梳理,
眼角的泪滴惊醒了自己。
明知这一切是一种奢侈,
却还是习惯偷偷地想你。

把你给的梦层层叠起,
等待一个未知的结局。
就算相隔太远的距离,
我也愿用尽所有的勇气。

爱你,我总是小心翼翼,
只怕最后又是一场虚拟。
忘了心痛,放下过去,
也许残缺才更有意义。

爱你,我愿把一切给你,
除了你我还能为谁痴迷?
穿过风雨,经得起悲喜,
只想抱在一起,不要再说对不起。

家　门

往事再多,总是沉默不说,
年华再久,一切都还记得。
一脸斑驳锁进悲欢离合,
伸手就摸到那思念的轮廓。

爱的依托,还有记忆守着,
心的着落,只为漂泊开着。
身影如初举起一束灯火,
就等我叩响那不眠的月色。

这是护我成长的家门,
挡住了苦涩,挡住了寂寞。
春风拂过,秋雨飘过,
来来往往的故事还有许多。

这是盼我回来的家门,
走出了梦想,走进了祥和。
千山难分,万水难隔,
吱吱呀呀的嘱托温暖如歌。

注:呼国正作曲,王维演唱。参加 2020 年安阳市"花好月圆·情满中秋"中秋文艺晚会。发表于《音乐天地》2021 年第 6 期。

歌词篇

九曲黄河万里沙

（唐·刘禹锡）
九曲黄河万里沙，浪淘风簸自天涯。
如今直上银河去，同到牵牛织女家。

一条黄河浩荡长歌，天地间回旋，
穿越古今远上云端，血脉里蜿蜒，
浪花开在窗前，涛声飘进炊烟，
往事拍岸，记忆泛黄，可歌可叹。

多少故事说了千年，一路情不断，
多少梦想奔流向海，放眼天地宽，
怀揣深深依恋，守望岁岁安澜，
你心我心，心向黄河，依依相伴。

走过黄河滩，一片明朗的天，
看过黄河湾，一排远行的船，
岸边唱起黄河谣，那花开米粮川，
黄河是咱中华民族生生不息的源。

洗过黄河水，一副黄色的脸，
踏过黄河浪，一身冲天的胆，
远方传来黄河风，是祖先在呼唤，
黄河儿女乘风破浪荡起新时代的帆。

九曲黄河连万家，福泽千秋大中华。

我邀黄河来传话,牵牛织女到我家。

注:刘振峰作曲,叶凡、祝家家演唱。2020年荣获河南省原创歌曲、器乐曲征集入选作品奖。发表于《音乐天地》2021年第6期。

扎 根

想起山的贫瘠，
想起路的崎岖，
想起你那年来时，
带着满满的笑意。

风吹过了千里，
云飘过了四季，
唯有你坚守着梦想，
来了不曾离去。

情愿风雨，打湿记忆，
你像种子深埋在土地，
默默扎根，奉献不已，
你把山里的希望高高托起。

情牵桃李，初心不渝，
你的故事从善良说起，
山花绚丽，山野笑语，
幸福绿荫有你扎根的足迹。

注：张百顺作曲，杨文学演唱。

中原大地

开口一曲梆子腔唱的就是你，
这里是生我养我的中原大地。
你用青铜甲骨记载五千年的沧桑，
谁能说出古往今来传颂了多少英雄传奇？
木兰从军的气概，精忠报国的誓言，
风雨中站立起的中华儿女顶天立地。
大禹治水的壮志，愚公移山的步履，
都写进了中原这片神奇的黄土地。

脚下一条大黄河恋的就是你，
这里是生我养我的中原大地。
你让牡丹仙子捧出新时代的花季，
谁能丈量大河上下珍藏了多少深情厚谊？
红旗渠的精神，焦裕禄的情怀，
歌声中踏上的小康大道一片生机。
祖祖辈辈的期盼，世世代代的梦想，
都生长在中原这片沸腾的金土地。

注：陈晓华作曲，张咏梅演唱，荣获河南省第九届民族民间
音乐舞蹈大赛金奖、全国"和谐之声颂盛世"新歌评选一等奖。

歌词篇

河南老家

中原之中，大河上下，
这片沃土就是我的河南老家。
从古到今，岁月展风华，
最亲最爱就是你，我的河南老家。

走南闯北，四海为家，
朝思暮想总是我的河南老家。
从春到秋，从冬走到夏，
魂牵梦绕都是你，我的河南老家。

拜一拜轩辕黄帝就知道根在哪，
看一看青铜甲骨能读懂大中华，
牡丹花亮出新名片，
毛尖茶融进情无价，
开口唱一曲梆子腔谁能不想家？

走一走禅宗少林咱豪气又风发，
说一说红旗渠把精神再光大，
航空港追梦通天下，
米字形联网又出发，
越长越高的城市群崛起新神话。

哦，河南老家，河南老家，
历史传承着古文明，正在生根勃发。
哦，河南老家，河南老家，

时代绘出了新天地，又是一片繁华。

注：刘振峰作曲，李胜威演唱。2020年荣获"出彩河南"优秀原创歌曲征集活动二等奖。

歌
词
篇

一路看安阳

文峰塔上的风铃摇醒了又一个清早，
推开门窗有几片白云在蓝天上微笑。
一排整齐的小绿车，在不远处停靠，
从东站驶来的新能源公交又准时来到。

绕过一个分流岛就来到了人民大道，
如今宽阔的八车道没有了堵车的烦恼。
沿街楼房换新装，还有绿树环绕，
到迎宾公园的游客里又多了一群飞鸟。

周末带上一家老小，乡村旅游又成热潮，
看看青山亲亲绿水去感受乡村振兴新风貌。
饭后散步走到广场，再秀一段舞蹈，
那灯火璀璨的仓巷街让乡愁在此落脚。

一路看安阳，安阳更美好，
多少好风景绽放安阳新面貌。
转型一条路，升级一片天，
这片古老的土地跃动青春心跳。

一路看安阳，安阳更美好，
多少新变化闪耀安阳新坐标。
向东走一走，向南看一看，
开满春天的家园又敞开怀抱。

一路看安阳,越看越自豪,
多少新梦想聚焦安阳新目标。
历史忘不了,未来看得到,
一座会飞的城市会飞得更高。

注:李彦璋作曲,张文佳、芈阳演唱。参加安阳市庆祝中华人民共和国成立70周年大型文艺晚会、2020年安阳市春节电视文艺晚会。

歌词篇

· 113 ·

美丽安阳唱起来

美丽安阳我的最爱，
鲜艳的紫薇花竞相盛开，
三千年情怀把心敞开，
一片片甲骨刻下爱的期待。

和谐家园春风满怀，
幸福的好光景随心剪裁，
新时代蓝图把梦展开，
看万家灯火亮相欢乐舞台。

（白）眺望未来的文峰塔耸起了千年气派，
太行山间红旗渠那是永远的精神飘带，
殷商热土英雄辈出讲述着时代的精彩，
神奇的安阳大放异彩谁来了都喜爱。

（白）故事里的仁义巷是谦让包容的门牌，
地道的小吃粉浆饭那是舌尖上的爱，
豫剧传承且听崔派独具韵味的表白，
好客的安阳千姿百态就等着你到来。

美丽安阳唱起来，
唱出古往今来红火的神采。
歌声连着笑声是动人的天籁，
引来太阳喝彩月亮也青睐。

美丽安阳唱起来，
唱得天上人间轻轻地摇摆。
喜悦和着心跳是青春的节拍，
岁月悠悠回荡着圆梦的豪迈。

雨中的蔷薇花

山风轻轻地吹，
小雨慢慢地洒，
打湿了屋檐下一朵朵蔷薇花。
蔷薇花，蔷薇花，
你在风中舞，美丽满枝丫，
你在雨中笑，映出红脸颊，
装点着山乡我的家。

山风轻轻地吹，
小雨慢慢地洒，
打湿了山路上一朵朵蔷薇花。
蔷薇花，蔷薇花，
蔓儿盘山绕，花儿云中挂，
读是一首诗，看是一幅画，
一缕缕幽香满山崖。

注：与郝桂明合作，陈晓华作曲。荣获全国"和谐之声颂盛世"
新歌评选一等奖、河南省"五个一工程"奖、河南省第十一届音乐
舞蹈大赛创作一等奖、第十四届河南省歌曲创作评选二等奖。

牡丹之约

展开春的画卷，
又见你的斑斓，
一如千年的芬芳，
欢乐洒满人间。

徜徉爱的家园，
约会你的浪漫，
含情脉脉的花语，
祝福送到心田。

牡丹花开千里缘，
美丽相约情无眠。
心随你动，梦舞蹁跹，
阳光簇拥我们，
处处是笑脸。

牡丹花开新时代，
美丽相约心相连。
一袭盛装，风情万千，
彩绘幸福明天，
人人是牡丹。

注：朱良才作曲。发表于《音乐天地》2019年第3期。

情醉园博园

汇聚一城山水,给天地一个惊叹,
荟萃一片园林,给绿城一个梦幻,
汉阙展双臂,笑迎八方客,
同心湖水心荡漾,芳草连天鸟语欢。

浓缩万千风情,给生活一份浪漫,
博览锦绣画卷,给岁月一份斑斓,
漫步九州桥,登临华盛轩,
丝路胜景观花海,寻根探源拜轩辕。

相约黄河边,情醉园博园,
一步一景入画来,一季一色共流连。
牵手园博园,岁岁梦儿圆,
珍藏一园芳菲,常驻心间春光无限。

相约黄河边,情醉园博园,
绿色生态唱和谐,古韵今风舞蹁跹。
牵手园博园,共建好家园,
爱在中华一脉,九州同梦福满人间。

家乡的雪

每年的这个季节,家乡就飘起了雪,
漫天纷飞的雪花,洒下多少童年的喜悦。
曾经的往事像雪花片片重叠,
散不去的回忆,还是那样亲切。

走在异乡的冬夜,就想起家乡的雪,
一条皑皑的老街,铺满多少思乡的情结。
离别的画面像雪花绵绵不绝,
一个人的孤独,有谁能了解?

家乡的雪,在我梦中摇曳,
与雪共舞,不觉得寒风凛冽。
纯洁的爱伴随我走过长夜,
对你的思念千里万里也从未停歇。

家乡的雪,在我眼中凝结,
飘飘无语,寄来团圆之约。
漂泊的心和雪花一起飞越,
回家的热望暖在心头从不会冷却。

注:发表于《词刊》2018 年第 5 期。

我家在文峰

门前一座文峰塔,耸秀了千百年,
屋后一条仁义巷,礼让出天地宽。
老祖宗很早就看中这里的好风景,
播下文明长成那老槐树叶茂参天。

眼前一片霓虹闪,描绘着新画卷,
身边一条高速路,通向了天外天。
一代代文峰儿女追着那梦想走,
首善春风吹开了紫薇花锦绣满园。

我家在文峰,古韵醉心间,
响当当的老字号记载岁月变迁。
穿过九府十八巷,七十二胡同,
走不出悠长的眷恋,一辈子也说不完。

我家在文峰,幸福爱相伴,
品不够的粉浆饭盛满生活甘甜。
翻阅诗赋三千年,宏图开新篇,
祝福你我的文峰,美丽风华到永远。

注:李彦璋作曲,王维、齐欣演唱。

文峰颂

让千年的风韵辉映今日繁荣，
让追梦的征程相逢时代春风，
日新月异百业兴，
展一幅和谐美景，
心驰神往看文峰，
醉了春夏秋冬。

让奋进的歌声嘹亮梦的长空，
让创新的激情引领新的光荣，
越过风雨披彩虹，
给未来一片葱茏，
小康故事写文峰，
处处开满笑容。

古也说来今也说，最美是文峰，
花开年年红，出彩绘丹青。
我们的家就在这里，
众志成城只为同一个文峰。

你也说来我也说，最爱是文峰，
追求无止境，浩然唱大风。
我们的爱不改初衷，
万千锦绣编织亮丽的文峰。

歌词篇

请到柳林来看柳

——柳林村村歌

爷爷的故事讲了很久，
总也讲不够家乡柳林的柳。
年年春来，风剪轻柔，
多少欢笑如柳絮翩翩飘在心头。

今天的幸福飞出歌喉，
起来伴舞的还是柳林的柳。
春耕秋收，和谐相守，
小康美景在门前屋后展开画轴。

请到柳林来看柳，
柳是热情的手，荡起乡风淳厚。
请到柳林来看柳，
家乡日新月异，勾起了谁的回眸，
唯有那不变的乡愁，
在枝头上摇曳着春秋。

请到柳林来看柳，
柳是灵巧的手，挽起了梦的衣袖，
请到柳林来看柳，
勤劳的柳林人家，编织着乡村锦绣，
还有那美好的祝福，
在岁月中深情的守候。

注：呼国正作曲，刘红艳演唱。发表于《音乐天地》2021 年
第 6 期。

垒起幸福唱起歌

——郎垒村村歌

郎垒个浪,郎垒个靓,
郎垒个郎垒美家乡,
郎垒个浪,郎垒个靓,
郎垒个郎垒福绵长。

说起咱们郎垒哟,它从汉唐走过,
勤劳的祖先垒起一个古老的村落。
经历了风和雨哟,传承着薪火,
耕耘的土地结出一个美丽的传说。

如今咱们郎垒哟,赶上了好政策,
崭新的社区搬进多少平安和祥和。
传播着新风尚哟,心齐力更合,
喜庆的锣鼓迎来一幅小康的景色。

(白)郎垒个郎垒有唱不完的歌,
郎垒个郎垒有说不完的乐。
郎垒养育了你和我,
郎垒梦想花开一朵朵。

垒起了幸福唱起歌,
党的阳光暖心窝。
垒起了幸福欢乐多,
日子越过越红火。

歌词篇

垒起了幸福唱起歌，
郎垒儿女心宽阔。
垒起了幸福欢乐多，
郎垒明天更蓬勃。

注：呼国正作曲，李彦璋演唱。

家乡合涧好地方

——合涧镇镇歌

（童白）太行山,红旗渠,
好山好水好地方。
白云白,蓝天蓝,
美丽合涧我家乡。

悠悠淅水,巍巍太行,
这是一个神奇的地方。
千年古镇,魅力合涧,
这是我们可爱的家乡。
洪谷山挺起不屈的脊梁,
红英汇流淌祖辈的梦想,
雪光的香火,弓上的波,
引来四面八方多少目光。

春播希望,秋收向往,
这里一片繁荣的景象。
文明风尚,联网小康,
这是我们追梦的家乡。
石板沟诉说昨天的沧桑,
工业园奏响今日的兴旺,
石英的光彩,山楂的俏,
编织锦绣光景幸福绵长。

合涧啊合涧,河之所向,

歌词篇

合涧啊合涧，爱的守望。
万种风情，万千气象，
我们把你依恋把你歌唱。

合涧啊合涧，河之所向，
合涧啊合涧，爱的守望。
红旗渠精神激励我们，
续写合涧明天辉煌乐章。

注：呼国正作曲，李晓静演唱。

五陵谣

一条卫河悠悠，流过千年冬夏，
曾经的桃花渡口，停泊着多少佳话。
把梦种下，瓜果就缀满枝丫，
把汗洒下，麦子又熟了一茬。
五陵啊五陵，我的家，
山也说好，水也来夸。
池塘跳着鱼虾，小院跑着鸡鸭，
我的林果之乡甜透了五陵人家。

一曲精忠报国，传承忠孝文化，
暖暖的春风吹来，描绘着小康图画。
乡间小路，装点着绿树鲜花，
农家欢笑，飞出了新砖红瓦。
五陵啊五陵，我的家，
心里安放，梦里牵挂。
爷爷小酒喝着，妈妈秧歌扭着，
岁岁桃树开花映红了幸福年华。

请到宜沟走一走

从哪里开头,在哪里停留,
寻着邺城向南走,就是我的家乡宜沟。
问一声永通河,多少故事在漂流,
听一曲琵琶音,千年古刹韵悠悠。
醉人的双头黄啊,轻轻抿上一口,
可又想起那年那月那不老的乡愁?

春是百花春,秋是金银秋,
哪里风光织锦绣,请到我的家乡宜沟。
这一路小康景,幸福通到家门口,
那一片创业园,引来凤凰竞风流。
热闹的三月三啊,扭不完的好年头,
就像祖辈传下的薪火天长地久。

请到宜沟走一走,
这里土地丰盈,这里民风淳厚。
爱上宜沟不需要理由,
只要来过一次,你就不想走。

请到宜沟走一走,
这里宜居宜游,这里美不胜收。
爱上宜沟不需要理由,
只要看过一眼,心就会常留。

家乡就在六家峪

——六家峪村村歌

林州的东南有个采桑，
采桑的东南有个村庄。
青山环抱，泥土芬芳，
六家六姓，薪火兴旺。
这就是我家乡，
家乡就在六家峪，
民风淳朴，古韵悠长。
这就是我家乡，
家乡就在六家峪，
年年耕种忙，岁岁好风光。

想说的还是这个地方，
想唱的还是这个村庄，
农运会上，笑声飞扬，
花仙垴下，机器鸣响。
这就是我家乡，
家乡就在六家峪，
日新月异，幸福安康。
这就是我家乡，
家乡就在六家峪，
奔小康的路，越走越宽广。

注：创作于 2019 年，呼国正作曲。

[咏·行业之声]

大道，最美的风景
——安阳市人民大道小学校歌

是红红石榴树下小小的蜜蜂，
是清清眼镜湖边琅琅的书声，
和我一起长高的那棵青松，
撑起了大道上最美的风景。

是长在八角楼里真诚的眼睛，
是站在升旗台上自信的笑容，
谁用一把金钥匙打开心灵，
描绘出大道上最美的风景。

最佳的我绽放光荣，
宽阔的大道通向成功。
心与心相连，梦与梦相通，
我们就是大道上最美的风景。

注：创作于 2019 年 10 月，李彦璋作曲。

从这里起跑

——安阳市东南营小学校歌

快,快,向阳光报到,
脚下是梦想铺开的跑道。
看,看,那一份光荣,
传承着薪火是我们的路标。

快,快,和时间赛跑,
心儿已张开多彩的羽毛。
听,听,那一片欢笑,
回荡在校园飞上了云霄。

从这里起跑,从这里起跑,
每个人都有自己的跑道,
一路奔跑一路成长,
活力绽放每一秒。

从这里起跑,从这里起跑,
每一步都是崭新的骄傲,
一路洒下多少汗水,
未来就有多美好。

注:创作于 2021 年 1 月,呼国正作曲。

建安春风满桃李

——许昌市建安区实验中学校歌

汉魏文明的摇篮，
曙光升起的港湾，
建安文脉在这里薪火相传。
书香滋润了心田，
桃李芬芳了校园，
童年的心，少年的梦，
扬起求知的风帆。

畅游浩瀚的学海，
开启智慧的源泉，
爱的光芒把校园活力装点。
歌声拥抱着蓝天，
心志超越着高山，
崇德善行，博学创新，
奠基美好的明天。

一方沃土，几多心愿，
建安实验中学是迈向成功的起点。
年年育苗，岁岁吐艳，
建安实验中学是励志成才的乐园。

注：创作于 2017 年 6 月，李彦璋作曲。

给我一片阳光

——安阳市小东关小学校歌

琅琅书声迎着国旗在飞扬，
潺潺珠泉流进心灵在歌唱，
我是快乐的小鸟从这里启航，
最闪亮的路标是你给我阳光。

一撇一捺记录每一次成长，
一墨一彩描绘每一缕春光，
我和未来的故事在这里开讲，
最精彩的段落是你给我阳光。

给我一片阳光，心会找到方向，
七彩的梦想召唤我天天向上。
给我一片阳光，我会做得更棒，
有我的绽放明天会更加辉煌。

注：创作于 2019 年 11 月，杨新军作曲。

歌词篇

文广体旅，我们共同的爱

那一笺诗行是我们的情怀，
那一道电波是我们的表白，
心与心的凝聚，传递着关爱，
我们一起走上文广体旅的舞台。

那一道风景是我们的神采，
那一枚奖牌是我们的豪迈，
梦与梦的融合，相约新时代，
我们一起创造文广体旅的精彩。

文广体旅，我们共同的爱，
新的征程唱出和谐天籁。
文化自信，我们激情满怀，
奋进的脚步回应着百姓期待。

文广体旅，我们共同的爱，
一腔赤诚传承文明根脉。
使命在肩，我们初心不改，
无悔的青春已化作繁花盛开。

在文广体旅的旗帜下

你的梦，我的梦，
梦与梦共融，
我们集结在青春行列，
就是最美的风景。

你的心，我的心，
心与心相通，
我们坚守着文化自信，
唱出最美的和声。

在文广体旅的旗帜下，
我们一路同行，
满怀人民的向往，
开启新的征程。

在文广体旅的旗帜下，
我们众志成城，
不负初心和使命，
续写新的光荣。

为爱守望

——安阳市第二人民医院院歌

手握一份承诺,为健康护航,
心怀一份仁爱,让生命绽放。
洹水之畔,我们是天使化身,
大医精诚,惠泽家乡。

传承一种精神,把希望点亮,
传递一种力量,让欢乐荡漾。
患者至上,我们把大爱传唱,
医者初心,创造辉煌。

啊,安阳二院,为爱守望,
我们风雨同往,和你共享阳光。
啊,团结进取,求实奉献,
我们不负使命,在奋斗中共圆梦想。

啊,安阳二院,为爱守望,
我们在你身旁,播洒幸福春光。
啊,几度沧桑,几多向往,
我们追求卓越,和新时代一起飞翔。

注:创作于 2018 年,欧阳一寒作曲。

托起生命的彩虹

——安阳市第八人民医院院歌

汤河水悠悠,流淌真情,
滋润着人杰地灵的千年古城。
捧博爱红心,照亮希望,
守护着父老乡亲的幸福康宁。
仁心仁术,敬业惠民,
救死扶伤是我们神圣的使命。
让我们手挽手和谐相拥,
共同托起生命的彩虹。

多少次迁徙,初心不改,
前进中传承先辈的大医精诚。
多少个春秋,医救不止,
奉献中唱响天使的大爱心声。
不忘根本,牢记职责,
团结奋进是我们共赢的保证。
让我们肩并肩合作创新,
共同续写明天的恢宏。

注:创作于 2017 年,张百顺作曲。

歌词篇

我们是健康的守护者
——安阳县人民医院院歌

仁心是爱的诉说，
博爱是心的承诺，
医济大众，接过生命之托，
我们耕耘收获着欢乐。

妙手把春晖洒播，
真情把希望相握，
大医为德，铭记神圣职责，
平凡之中从不说苦涩。

圣洁的梦想，无悔的选择，
我们是健康的守护者。
春风化雨，幸福花开万朵，
无影灯下几多艰辛和执着。

不改的初心，天使的本色，
我们是健康的守护者。
救死扶伤，谱写生命之歌，
红十字星座闪耀奉献的光泽。

注：创作于 2017 年 2 月，刘三强作曲。

守望长空

——人民防空之歌

当鸽群编织成一道风景，
我们正默默地捍卫和平。
不着戎装的青春，选择了忠诚，
眼睛像雷达转动，把幸福锁定。
守望长空，以人防的名义，
平战结合维系着人民的安宁。
守望长空，爱在每一分钟，
生活的笑容装点我们无悔的人生。

当警报召唤着一种神圣，
我们在人群中步履匆匆。
一个崇高的使命，铸盾护民，
梦想着明月清风，在心中升腾。
守望长空，以人防的名义，
俯瞰脚下纵横着坚固的长城。
守望长空，相伴每个秋冬，
祖国的强盛绽放人民防空永远的光荣。

注：李彦璋作曲，刘红艳、欧阳一寒演唱。

歌词篇

地税有扇社保窗

敞开一扇窗,我是一颗星,
湛蓝色的表情闪烁在你的心空。
也许你不曾留意,
岁月已走过秋冬,
默默守候的还是那绽放如花的笑容。

地税有扇窗,吹送社保风,
税徽下的梦想和你的幸福重逢。
迎送着南来北往,
习惯用数字传情,
汗水洒下的晶莹汇聚成盛世彩虹。

地税社保窗,一道爱的风景,
说来平凡又普通,却辉映着使命神圣。
大海一样的深情像春雨润物无声,
只愿你的人生也如春天一样葱茏。

地税社保窗,一份爱的馈赠,
不需鲜花和掌声,却温暖着寻常百姓。
我的青春在窗口为你把希望播种,
只愿万家窗前从此开满和谐安宁。

地税社保窗,征收惠民生,
你我心相通,共沐雨和风。
相约社保窗,携手望晴空,

云淡风也轻,地税伴你行。

注:李彦璋作曲,董静演唱。

河南地税铁军之歌

传承那一种精神,把使命指引,
穿越了岁月长空,在血脉里奔腾。
凝聚那一种力量,把改革攻坚,
助推经济的发展,为国聚财无上光荣。

带着那一份激情,把理想播种,
习惯了戴月披星,在奉献中穿行。
怀着那一份感动,用数字传情,
为了幸福的民生,汗水伴着税徽晶莹。

忠诚干净和担当,铁一样坚定,
刻在我们的心中,让誓言永恒。
走在税收新征程,我们开拓前行,
你会看到中国梦里,
有道最美的风景蓝色飘动。

忠诚干净和担当,如冲锋号令,
激励前进的脚步,追求无止境。
多少青春在跳动,书写税务人生,
我们就是河南地税,
一支英雄的铁军勇攀高峰。

注:李彦璋作曲,刘红艳、欧阳一寒演唱。

濮阳审计之歌

悠悠濮水为我擦亮眼睛，
千年龙城给我一份庄重，
我在账册中耕耘，
我在数据中穿行，
每一份报告都写满忠诚。

呵护民生奉献春夏秋冬，
卷宗无语伴我日夜兼程，
反腐倡廉勇亮剑，
查错纠弊敢发声，
每一滴汗水都化作清风。

捧出一颗心，守住一个真，
国有资产看护人无上光荣，
见过风和浪，信念更坚定，
牢记祖国重托不改初衷。

同行一条路，共筑一个梦，
经济发展守卫者满怀激情，
走在新时代，脚步更从容，
青春不负使命高歌前行。

歌
词
篇

司法有我

肩头有职责,心中有承诺,
公平正义手中握,就知该怎样做。
我用法律阳光温暖万家,
我用法治力量化解干戈。

党旗在召唤,国徽在嘱托,
依法治国安天下,再辛苦也值得。
我用司法大爱救助贫弱,
我用司法清风播洒祥和。

美丽中国,司法有我,
我是法治天空的星一颗。
看得清是非,辨得出善恶,
任岁月穿梭,无悔我的选择。

筑梦中国,司法有我,
我是法律天平的守护者。
初心问几何,忠诚映山河,
我以法为名,回报我的祖国。

情暖花开

——为检察院未检工作而歌

带着法治的关怀，
走进你成长的舞台，
我用那阳光般的温暖，
驱散你心中无助和阴霾。

带着蔚蓝的期待，
放飞那童年的精彩，
只愿你生命不受伤害，
我一路陪你走到未来。

情暖花开，守护你的世界，
每张笑脸，都是我们真诚的爱。
风儿吹来，看法治春天的斑斓，
平安一直与我们同在。

情暖花开，守护你的世界，
初心不改，太多艰辛从不懈怠。
穿过风雨，岁月绽放出光彩，
幸福一直与我们同在。

诗歌篇

汶川，你好吗

汶川，你好吗？
难忘 2008 那撼地震天的刹那，
你带着揪心的伤痛倒进我的视线，
从此便成了，
我心中永远放不下的牵挂。

牵挂你的伤口是否痊愈，
牵挂你的泪水是否擦干，
牵挂你的山川，你的树木，
你的城市，你的庄稼……

十年的光阴过得真快啊！
当年我们送去的生的希望，
是否已在瓦砾中生根绽芽？
当年我们播下的爱的种子，
是否已在羌山上幸福开花？

汶川，你知道吗？
我曾无数次地把你牵挂。
习习春风是我真心的祈祷，
烈烈骄阳是我热情的挥洒，
片片枫叶是我援助的双手，
朵朵雪花是我纯洁的表达。

人们说，

经过霜重雪压的青松，
才会更显英姿挺拔；
经过烈火锤炼的真金，
才会绽放别样的光华。

汶川啊，
你经历了如此沉痛的灾难，
纵然桥梁阻断，房屋坍塌，
但那众志成城的信念从未倒下。
我们相信，坚强的你啊，
一定会在天地大爱中勃发，
一定会再造人间最美丽的神话。

十年，我们一起走过

十年了，
回想起那一刻的惊心动魄，
总忍不住泪眼婆娑。
那废墟上揪心的痛，
那瓦砾中残缺的梦，
让多少亲人阴阳相隔，
让曾经的快乐就此定格。

那一刻，
我们见证了大自然的残酷，
也体会到生命的脆弱；
那一刻，
我们听到了撕心裂肺的呼唤，
也看到了那伤心欲绝的神色。

然而，
来自四面八方的爱，
来自血浓于水的情，
也瞬间凝聚在那一刻，
用坚定的眼神诉说着：
我们是患难与共的兄弟姐妹，
我们身后是无比强大的祖国。

十年了，
我们带着感恩心手相握，

我们怀揣梦想一起走过，
破碎的希望在这里重生，
失去的欢乐在心中蓬勃。

穿越风雨才知心的承诺，
经历生死更懂爱的执着。
未来的路，
不管会有多少个十年，
我们都要像昨天那样，
不离不弃，一起走过。

精忠战鼓赋

羡河生辉，宝地风水，岳飞故里，驰誉海内。遥想当年，跃跃逞威，风烟渺渺，浩气萦回。精忠贯日，丹心傲骨凌云志，横枪跃马，征战沙场创奇伟。

岳公武穆，史垂千秋铸丰碑。风鹏正举，中华风骨传我辈。喜看今朝，大地葳蕤，云蒸霞蔚又春归；百业兴旺，千娇百媚，意气飞扬战鼓擂。

战鼓声声震九天，士气如虹显神威。聚将出征，鏖战凯旋，慷慨激昂，勇略兼备。步随鼓点，凝心聚力，千古足音，万代神追。

战鼓隆隆地增辉，创新宏图捷报飞。神舟升空，蛟龙入海，一带一路，人间大美。民心向梦，鼓赋新声，声势浩荡，溢彩添辉。

壮哉！我精忠战鼓，旌旗猎猎，战阵如雷。扬眉挥腿，如万马奔腾；腾挪跳跃，似浩溔鼎沸。

雄哉！我精忠战鼓，八面威风，壮志高飞。中华儿女，复兴伟业同心绘；神州圆梦，江山万里尽朝晖！

金婚颂

——献给父母金婚庆典

五十年携手同心，
走过了一段幸福的旅程。
五十年甘苦与共，
见证了一份真爱的永恒。

从风华正茂到皱纹横生，
从相知相爱到相依同行，
这条饱经风霜的金婚之路，
承载了太多的欢乐、真诚与感动。

五十年前，
那场没有婚纱和钻戒的婚礼，
看起来是那样平常而又普通，
但我知道——
彼此心中圣洁的爱，
却是那么坚定和隆重。

我好想听听你们的爱情故事，
却发现里面根本没有花前月下，
更没有什么海誓山盟，
而是写满了柴米油盐的平凡琐碎，
从头到尾讲述着生儿养女的茹苦含辛。
还有那份与子偕老的不离不弃，
让平淡如水的生活，

也变得如此瑰丽多情。

有人说夫妻相伴像筷子，
只有相互依靠相互支撑，
才能发挥作用。
五十年来，
我看到你们如同筷子一样，
相濡以沫，恩爱交融，
一起品尝生活的酸甜苦辣，
共同面对人生路上的骤雨狂风。
夫唱妇随演奏了一曲动人的琴瑟和鸣，
也用实际行动告诉自己的儿女们，
要学会理解、尊重和包容。

如今，你们的容颜不再年轻，
腰背也不如从前那样坚挺，
眼看着你们渐渐地变老，
作为儿女，
我们一次次地叩问，
时间都去哪儿了？
心中的酸楚和感动真不知该如何形容。

哦，我知道，我们知道，
你们把时间耗费在子女们的长大成人，
倾注在儿孙们的幸福欢欣，
你们把时间给了身边的亲人和朋友，
给了这个和谐美满的大家庭。

乌鸦尚有反哺恩，
羊羔不忘跪乳情。

至爱的父母啊——
我无法留住岁月的脚步，
但我可以做你们昏花老眼的眼镜；
我无法还你们强健如初的身体，
但我可以当你们蹒跚老腿的拐棍；
我无法抚平你们脸上的一道道皱纹，
却可以让你们绽放天底下最灿烂的笑容；
我无法代替你们一颗颗坚固的牙齿，
却可以让你们品味人世间最真挚的亲情。

五十金婚，是岁月的不老颂歌，
五十金婚，是生活的笑意盈盈，
五十金婚，是爱情的浪漫温馨，
五十金婚，是人生的绚丽美景。

让我们举起酒杯，礼赞金婚，
献上我们最美好的祝福，
祝愿我们的父亲母亲——
松柏常青，日月常明，
吉祥如意，福寿康宁！

诗歌篇

广发抒怀

从呱呱落地到翩翩少年，
一个闪光的名字走进了百姓心田。
从珠江之畔到洇水两岸，
一种火热的情怀温暖着万水千山。

我们带着梦想与期盼，
幸运地与广发结缘，
成为光荣的一员。
从此，肩负使命的我们，
便开始了痴心不改的跋涉，
把广纳百川、发展无限的信条，
当作前行路上最夺目的灯盏。

谁都知道，
我们正处在一个快速发展的时代，
机遇良多，希望频现。
然而，又不得不说，
在当今"银行多过米铺"的激烈竞争中，
我们的开拓又将面临怎样的挑战。
逆水行舟，岂能退缩，
打开思路，地阔天宽。

君不见，
我们的领头雁运筹帷幄，
直面金融危机，破解重点难点，

以敏锐的目光把舵发展的航线。
精诚团结的兄弟姐妹啊，
百舸争流中奋勇当先，
开垦了荆棘丛生的荒滩，
翻越了陡峭险峻的难关，
用一个个骄人的业绩，
让我们位居行业前列，
让一份份信贷合同，
演绎出新时代银企发展的魅力风范。

金融市场，风云变幻，
未雨绸缪才能防患于未然。
2014 年，
河北某公司因经营不善而停产，
作为异地银行，
前往企业当地查封，
该是何等的艰难。
但是，
红旗渠畔的广发人，
早已将坚韧不拔的红旗渠精神融入血脉，
凭借超群的智慧和胆识，
成功对抵押资产进行查封，
最大限度地保全了我行资产。

这一事件的发生，
给我们敲响了警钟，
只有不断加强贷后监管，
才能做到有效预防和避免。
责任在肩，召集我们迅速行动起来，
对 36 户异地授信客户展开全面梳理，

诗歌篇

及时准确地发现问题贷款，
做到危机面前，方寸不乱，
一户一策，迎战一次次考验。
我们的审时度势，率先出击，
为成功重组赢得了时间，
也为清收化解工作提供了很好的借鉴。

宝剑的锋芒全凭磨砺，
梅花的芳香来自苦寒。
我们每一位客户经理，
就像一个个灵动的音符，
在平凡的岗位上执着奉献，
用"真诚服务，客户为先"的实践，
奏响了一曲恢宏磅礴的金融乐章，
听得人们激情震撼，动人心弦。

记得那是 2014 年的盛夏，
我行对某集团核批授信，
而担保企业的董事长正在外走访，
如果等，就要等上一个月的时间。
为了减少损失，
经过与企业的多次沟通，
董事长最终答应第二天上午九点，
在山西省壶关县店上镇约见。
于是，我们从凌晨四点早早出发。
然而，行至途中，
遇到交通堵塞，
无奈之下，我们只好步行前往。
炎炎烈日，炙烤着我们坚强的意志，
崎岖山路，见证着我们不解的情缘。

当我们到达时,已过了中午十二点,
董事长也早已来到下一站。
我们几个二话不说,
搭乘一辆破旧的农用三轮,
一路奔波辗转到了长治,
与董事长会合并签订合同,
自此,担保手续才得以完善。

回想这一路走来的艰辛,
没有停下一刻追赶,
没有听到一句怨言,
取而代之的是,
集团同行人员对我们不住的赞叹。

我们没有留恋这美丽的赞叹,
我们没有沉醉那耀眼的光环,
而是选择用孜孜不倦地耕耘,
为客户送上最贴心的温暖。
在一次对某集团的贷后调查中,
发现他们正在进行设备维修。
这时,我突然想起,
该设备已在我行抵押并买了保险。
于是,我立即通知他们暂停维修,
与保险公司协商进行理赔,
最终,为企业节省费用近五万元。
钱虽不多,
但却饱含着我们沉甸甸的情感,
也让我们和企业之间,
从此贴得更近,走得更远。

贷前,贷中,贷后,
我们的服务不会中断,
文明,优质,高效,
我们的追求从未改变。
因为,我们清楚地知道,
百姓的夸奖是我们力量的源泉,
企业的成就是我们光荣的桂冠,
我们唯有只争朝夕,臻于至善,
才能回报他们的信任和期盼。

不用问,这些年来,
服务了多少客户,
投放了多少信贷。
不必说,这些年来,
创造了多少价值,
增长了多少万元。
我们只是刚刚起步,
万里长征还须飞跃更多的雄关,
我们才刚刚完成战略布局,
风雨彩虹更期待不远的将来宏图大展。

挑战市场,永不言败的豪情,
已经在我们每个人心中熊熊点燃。
互惠共赢,共创财富的愿望,
正在每一个对公条线上节节登攀。
让中原的每一寸热土,
都记住我们的名字;
让广发的每一缕阳光,
都绽放我们的心愿。

昨天的荣誉写进难忘的记忆，
今日的航船鼓满奋进的风帆。
迈入新年的门槛，
我们又将开启二次创业的攻坚。
新起点，新跨越，
我们正高举着广发这面旗，
意气风发，勇往直前。

诗歌篇

我骄傲，我是交易人

提起我的家乡，
没有人不交口称赞。
太行山麓，洹水河畔，
风光秀美，宛如画卷。
青铜的精湛、甲骨的渊源，
传承着文明，光华璀璨，
带我们俯瞰三千三百年的风雨变迁。
《周易》的玄妙，岳飞的誓言，
还有那一个个故事，一段段传奇，
构成了历史天空中一道道夺目的光焰。
这就是我的家乡安阳，
我为生在这片神奇的土地而骄傲欣然。

谈起我们的工作，
也许它不够显眼。
刚刚成立的公共资源交易中心，
像一个初生的婴儿，
成为市民之家最年轻的成员。
一颗颗朝阳般青春勃发的心，
一张张来自不同单位的容颜，
会聚在一起，
共同奏响安阳交易事业崭新的诗篇。
这就是我们的职业，
也许很平凡，也许很简单，
但同样是我们值得骄傲的心灵家园。

回想单位组建的那段时间，
我们一边服务交易，
一边忙着学习充电。
建制度，立规范，
白天连着黑夜，
夜晚拽着白天，
如水流淌的日子里，
加班加点早已成了家常便饭。
办证的窗口前个个是创优争先，
忙碌的身影听不到半句怨言。

我们清楚地记得，
当时的办事大厅内刚刚装修，
空气中到处弥漫着刺鼻的气味，
熏得我们几乎睁不开眼。
然而，当我们面对客户的时候，
送上的依然是那一张张热情开朗的笑脸。
尽管那段日子很苦，很累，
但大家却把它当作最美好的怀念。

优雅的形象，高效的服务，
让交易中心成为市民之家
最生动的风景线，
像蒙蒙细雨悄无声息，
滋润着每一位来访者的心田。

曾有人问我，
是否后悔来到公共资源，
我笑着说——不后悔啊，

诗歌篇

能成为交易战线上的一员很荣幸，
能为交易事业贡献自己的力量此生无憾。
虽经历创业的艰苦和辛酸，
但艰苦之中，辛酸之后，
我们品尝到别人无法想象的快乐与甘甜。

相逢在这个温暖和谐的大家庭，
每个人都很珍惜这份情缘。
从领导到职工，
从干部到群众，
团结互助，风雨相伴，
人人都在倾心奉献，
个个都在迎接挑战。

多少个不眠之夜，
公共资源的灯光与星星相伴，
一个个伏案工作的身影，
是那样的坚毅、冷静而果敢。
多少个节假日里，
我们放弃和家人团聚，和孩子相伴，
奔赴在外地医用耗材集中采购的路上，
为的是老百姓的殷殷期盼，
为的是"公开、公平、公正"
这六字铮铮誓言。
炎炎盛夏，酷暑难耐，
为了开评标的顺利进展，
我们争分夺秒，抢抓时间，
愣是蹲在走廊里就地简餐，
那一份份盒饭，一杯杯凉白开，
吃得飞快，如狼吞虎咽。

这就是我们交易人，
架起政府与群众联系的桥梁，
助力企业腾飞，加快安阳发展。
一份份合同浸透着晶莹的汗水，
一次次交易分享着收获的甘甜。

我骄傲，我们的青春，
在奉献中舞出风姿万千。
我骄傲，我们的努力，
换来交易事业明朗的天。

辛勤的耕耘换来了累累硕果，
不息的追求收获着一个个精彩无限。
省级文明单位成功创建，
省五一劳动奖状的获得，
成为我们心中最耀眼的桂冠。

太多的荣誉已留给了昨天，
希望的风帆又升上了桅杆。
新的征程，新的起点，
交易中心的航船又开启新的航线。

年轻的水手们，
正心齐力合，携手并肩，
载着所有搭载的朋友，
载着无数依赖的目光，
一同驶向更加光辉灿烂的明天。

微笑的力量

采一抹阳光,涂在脸上,
我们的微笑就有了爱的光芒。
牵一缕春风,嘴角轻扬,
我们的微笑宛如春意荡漾。

也许你叫不出我们的名字,
但微笑早已成为我们特有的形象。
耕耘在幼教的百花园,
我们的微笑带着永不凋谢的芬芳,
走过了风雨沧桑,寒来暑往,
让每个日子都汇成岁月里永久的珍藏。

晨光中,
我们的微笑温柔大方,
引领孩子们畅游快乐的海洋;
课堂上,
我们的微笑慈祥端庄,
像妈妈的爱轻轻推开孩子们的心窗;
游戏中,
我们的微笑轻盈飞舞,
是孩子们童话世界里最美丽的向往;
歌声中,
我们的微笑意蕴深长,
伴随孩子们的成长一路幸福守望。

有人说，
我们的微笑是一种奇特的电波，
能穿透陌生，直达心灵，
让真诚获得感应，
让目光不再彷徨。

有人说，
我们的微笑有一种神奇的能量，
能启迪智慧，激发想象，
让梦想展开翅膀，
让忧郁无处可藏。

其实，我们的微笑，
只是一个简单的动作，
它不做作，不牵强，
但却是源自内心的真情流淌，
是根植善良的美丽绽放。

有时，我们在想，
面对众多的幼教机构，
为什么我们能脱颖而出，
赢得社会和家长的关注和赞扬？
是环境，是师资，
是伙食，是办园特色……
当然，还有最为关键的，
那就是我们微笑的力量。

这种力量，
凝聚成我们幼教人的使命担当，
让我们在平凡的岗位上，

书写下"捧着一颗心来，
不带半根草去"的无上荣光。

这种力量，
塑造了我们幼教人的师德修养，
让我们带着无尽的关爱走近孩子，
给他们更多的理解、鼓励和嘉奖。

这种力量，
闪耀着我们幼教人的智慧之光，
让我们与家长朋友们坦诚交流，
为家园共育架起心与心的桥梁。

朋友，请到这里来吧，
这里是微笑集结的地方，
这里有微笑织就的风光。
生活因微笑而精彩，
人生因微笑而欢畅。

朋友，请报以微笑吧，
也许你的微笑就是一束光，
能照亮前方，传递希望；
也许我的微笑就像一首歌，
让心弦共鸣，神清气爽。

让我们把美丽的微笑，
融入这新时代的明媚春光，
看祖国的幼教事业，
正蓬勃兴旺，蒸蒸日上。

让我们把自信的微笑，
化作前进的风帆，
带着不变的初心启航未来，
让追求更卓越，
让梦想更辉煌！

文化惠民乐陶陶

（音乐快板）

打竹板，喜盈盈，
欢歌笑语乐融融。
今天不把别的表，
说说文化给你听。

说文化，唱文化，
文化的力量千钧重。
文化惠民似春风，
春风吹开百花红。

党中央，做决定，
文化强国目标明，
把握发展新趋势，
推动文化大繁荣。

聚民心，提精神，
勤耕耘，惠民生，
文明和谐奔小康，
先进文化来引领。

重要性，紧迫性，
文广体旅我先行，
提升群众幸福感，
文化工作做保证。

局党委,正党风,
扎实学习书香浓。
倡廉洁,谈作风,
干群拧成一股绳。

定规划,强措施,
抓住机遇惠民生。
明要求,抓项目,
文化投入大幅增。

高起点,新突破,
神圣使命记心中。
文化大餐轮番上,
一心为了老百姓。

不说远,不说近,
先说活动给你听。
快说,快说——
新春民俗文化展,
精彩纷呈年味浓。

看电影,游书海,
非遗项目有传承,
百姓舞台百姓演,
眼花缭乱兴冲冲。

这道大菜真喜庆,
还有道大菜更丰盛。
正月十五闹元宵,

诗歌篇

· 171 ·

民间艺术齐欢腾，
火树银花不夜天，
欢乐荡漾安阳城。

航空文化旅游节，
文化为媒引宾朋，
国庆七天欢乐送，
载歌载舞绽笑容。

这道大菜好丰盛，
再上道大菜请你听。
节庆活动来示范，
精神文化齐跟进。
抓好建设强基础，
惠及一方安阳人。

"三馆一站"传佳音，
免费开放意义深。
零门槛，零距离，
文化服务是根本。

搞演出，办展览，
琴棋书画有培训，
文艺生产出精品，
精神食粮润民心。

说得好，说得行，
文化的魅力真诱人。
六十岁老妈把梦寻，
文化让生活更缤纷。

又唱歌来又学琴，
模特走秀更带劲，
刚刚还当上志愿者，
带动了身边一大群，
文化点亮希望的灯，
别提她心里多兴奋。

文化惠民在行动。
处处荡漾和谐风。
乡乡建起文化站，
设施齐全面貌新。

广播电视村村通，
能听天下大事情。
信息共享连成网，
家中能念致富经。

农家书屋村村建，
博览群书素质升。
公益电影村里放，
舞台艺术下基层。

文化广场乡乡建，
健身娱乐好心情，
对，对，
健身娱乐好心情，
乐坏了咱们老百姓。

百姓乐，乐无穷，

满意的笑容赞不停。
辛勤的汗水洒真情，
一串串荣誉挂前胸。

文博会，百花盛，
安阳文化别样红，
体制改革排头兵，
扫黄打非建奇功。

戏曲晚会亮荧屏，
捧得兰花誉美名，
春华秋实硕果丰，
劳动创造最光荣。

展未来，抒豪情，
继往开来再攀登，
文化嘱托记心中，
携手迈进新征程。

新时代，新气象，
文化惠民再提升。
春风化雨绘美景，
幸福唱响中国梦。

主持词篇

纪念中国人民抗日战争
暨世界反法西斯战争胜利 70 周年
《向和平致敬》音乐会主持词

时间：2015 年 9 月 7 日晚

地点：市群艺馆剧场

主持人：杨晓帆、谢龙

男：尊敬的各位领导、来宾，观众朋友们，大家好！今年是中国人民抗日战争暨世界反法西斯战争胜利 70 周年。70 年前，中国人民经过了艰苦卓绝的浴血奋战，取得了抗日战争的伟大胜利，为世界反法西斯战争的胜利做出了巨大贡献。

女：沧桑七十载，风雨几度秋。为隆重纪念这一伟大的历史时刻，全国上下乃至世界多个国家纷纷举办了形式多样的纪念活动。今晚，我们在这里将举行一场纪念中国人民抗日战争暨世界反法西斯战争胜利 70 周年《向和平致敬》专场音乐会，就是为了铭记历史，缅怀先烈，珍爱和平，开创未来。

女：70 年来，每当人们欢庆胜利的时候，都会想起那些用鲜血和生命换来和平的英雄们的故事。

男：仰望飘扬的红旗，那殷红的底色上，依然沉淀着中华民族英勇抗敌的不屈与斗争。请欣赏著名作曲家吕其明创作的大型管弦乐《红旗颂》。

（管弦乐《红旗颂》）

男：在纪念抗日战争胜利七十周年之际，我们更加缅怀伟大领袖毛主席。抗日期间，他科学论断，用一篇《论持久战》照亮了中华民族的抗日征程,他写过的很多诗词,更成为鼓舞全民抗日的昂扬战歌。请欣赏电影《地道战》中的插曲《毛主席的话儿记心上》。

（女声独唱《毛主席的话儿记心上》）

女:多少年来,歌曲《松花江上》以其悲怆激荡的音符,永远留住了日本军国主义的罪行,留住了民族的辛酸血泪。那民族心灵的创痛,那悲凉愤懑的气氛,那东北沦陷的痛苦,时至今日仍使我们激愤,使我们叹惋,更使我们昂首奋起。再请听男声独唱《松花江上》。

（男声独唱《松花江上》）

男:国难当头,中国抗日军民同仇敌忾,誓与侵略者血战到底。在黄河奔涌咆哮的嘶吼里,我们似乎听到了中华民族跳动的脉搏,感受到中华儿女不屈不挠、一往无前的大无畏精神和对胜利的坚定信念。请欣赏混声合唱《黄河大合唱》选曲《黄水谣》《保卫黄河》。

（混声合唱《黄水谣》《保卫黄河》）

女:诞生于1939年的《黄河大合唱》是我国现代大型声乐创作的光辉典范,它以其磅礴的气势一直鼓舞着中华儿女自强不息、团结奋斗,并成为中华民族实现伟大复兴的战斗号角,半个多世纪来仍然经久传唱。请欣赏《黄河大合唱》选曲《黄河颂》。

（男声独唱《黄河颂》）

男:《黄河怨》是《黄河大合唱》中一首具有戏剧意义且难度较大的艺术歌曲,也是20世纪中国经典的艺术作品之一,它以悲愤缠绵的旋律,吟唱出被日寇践踏之下中国妇女的哀怨之情。

（女声独唱《黄河怨》）

女：战火纷飞的年代，一首首抗日救亡的歌曲，给人们带来巨大的精神力量，无数中华儿女正是踏着嘹亮歌声奔赴疆场。同样，在苏联的卫国战争中，也产生出大量脍炙人口、鼓舞士气的抗战歌曲，像《喀秋莎》《小路》等。请欣赏一组苏联歌曲联唱。

（女声小合唱）

男：抗日战争是人类历史上正义与邪恶、光明与黑暗、进步与反动之间的一场大搏斗，也是中国军民万众一心反对日寇侵略的正义之战。地道战、地雷战、麻雀战……一个个制敌奇招让日寇闻风丧胆，铁道游击队、敌后武工队，共产党领导的敌后抗日武装，如同一把把钢刀，直插敌人的心脏，谱写了一曲曲抗日救亡的爱国壮歌。请欣赏管乐合奏《军民团结向前进》。

（管乐合奏《军民团结向前进》）

女：70年前，中华儿女为解救民族危亡、为世界反法西斯战争写就了惊天地、泣鬼神的壮丽诗篇，也用热血和生命浇铸了不屈不挠、熠熠生辉的抗战精神。在今天看来，这一伟大的精神就像那雄壮巍峨的长城，必将万古岿然，世代传扬。请欣赏弦乐合奏《长城谣》。

（弦乐合奏《长城谣》）

男："我们都是神枪手，每一颗子弹消灭一个敌人；我们都是飞行军，哪怕那山高水又深……"这首轻松流畅的《游击队之歌》以富于弹性的小军鼓般的节奏贯穿全曲，表达了游击健儿机智、灵活的英雄形象，饱含着革命乐观主义精神，在群众中广为传唱。请欣赏小合奏《游击队歌》。

（小合奏《游击队歌》）

男：前事不忘，后事之师。我们纪念抗战胜利就是为了铭记历史，缅怀先烈，珍视这来之不易的和平，并从中吸取伟大的精神力量。

女：70年前，我们的祖国以坚强的意志和顽强的斗争取得了抗日战争的胜利。今天，我们正阔步走在实现中华民族伟大复兴中国梦的征途上，相信祖国的明天必将迎来更大的胜利。请欣赏管弦乐《我的祖国》。

（管弦乐曲《我的祖国》）

男：弦乐飞扬，用音乐的名义凝结和平。

女：歌声嘹亮，让正义的阳光普照人间。纪念中国人民抗日战争暨世界反法西斯战争胜利70周年《向和平致敬》专场音乐会到此结束！

男：朋友们，让我们大力弘扬伟大的抗战精神，为实现中华民族伟大复兴的中国梦而努力奋斗！愿和平之声永远回荡！

女：朋友们，再见！

安阳市文化系统第四届
迎新年文艺汇演主持词

时间:2015 年 2 月 13 日下午
地点:两馆学术报告厅
主持人:郝庆峰、杨晓帆、张璐、谢龙

甲:尊敬的各位领导,文化系统的各位同人,大家——
合:新年好!
甲:一年一度,辞旧迎新,我们在这里约会春天;
乙:一年一度,张灯结彩,我们在这里喜迎新年;
丙:一年一度,春暖花开,我们在这里开启梦想;
丁:一年一度,欢歌笑语,我们在这里纵情联欢。
甲:今天是个期盼已久的日子。一段精彩的舞蹈,让我们迎来了文化系统第四届迎新年文艺汇演。
乙:今天是个喜庆祥和的日子。全市文化系统的各位同人云集一堂,共话收获,畅想未来,用我们自己特有的方式展现文化工作者团结创业、斗志昂扬的时代风采。
丙:回首过去的一年,涌动的喜悦在诉说:我们文化工作在市委、市政府的正确领导下,围绕"文化强市"的总体部署,积极打好主体战,弘扬主旋律,营造了良好的文化支撑,文化发展呈现一派盎然景象。
丁:此刻,澎湃的激情在召唤:全面推进文化、广电、新闻出版管理,加快全市文化事业繁荣和文化产业发展,让安阳在"中原更出彩"中亮丽转身,我们正用梦想绘就蓝图,踏着迎春的鼓点拥抱新的曙光。请欣赏器乐表演《鼓舞飞扬》。

(器乐《鼓舞飞扬》)

甲：近年来，我们文化系统积极推进公共文化服务体系建设，通过新的载体、新的活动方式和新的文化产品不断满足人们的文化需求，丰富人们的精神文化生活，为推动我市精神文明建设、构建和谐社会营造了浓厚的文化氛围。

乙：是啊，我还发现我们身边越来越多的人自发地走出家门，参与各种社会文化活动，像合唱、秧歌、广场舞、模特走秀，等等。人们参与其中，不仅锻炼了身体，收获了健康，也拥有了一份轻松、愉悦的好心情。俗话说："生命在于运动。"那就让我们一起释放激情，舞动生命，快乐地跳起来。请欣赏舞蹈《欢乐地跳吧》。

（舞蹈《欢乐地跳吧》）

丙：党的十八大用 24 个字简要概括了社会主义核心价值观的基本内容。你知道都是哪些吗？

丁：这可难不倒我！你听好了：一是国家层面的价值目标：富强、民主、文明、和谐；二是社会层面的价值取向：自由、平等、公正、法治；三是公民个人层面的价值准则：爱国、敬业、诚信、友善。怎么样？对不对？

丙：没错，回答完全正确。社会主义核心价值观不仅是中华民族优良文化传统的传承与升华，还是我们立身处世、修身齐家的行动指南。我们每个人都是社会的一分子，每个人都离不开社会，如果每个人的素质提高了，那我们社会的整体素质就能得以提升。正所谓众志成城，聚水成涓。

丁：说得好！实践社会主义核心价值观是全社会的一个系统工作，需要全社会的共同努力。无论社会怎样发展，正能量都不会过时。接下来的这个小品，告诫我们在生活中不管是做人还是做事，一定要讲道德、重诚信。请欣赏小品《碰瓷儿》。

（小品《碰瓷儿》）

甲:2015年,我们将迎来新中国成立66周年。66载光辉的历程,我们每一天都能感受到祖国日新月异的变化。如今,我们的祖国正迈着强劲的步伐走向中华民族的伟大复兴。

乙:我爱我们的祖国,像浪花眷恋大海,不管走到哪里,我们心中永远澎湃着一曲不老的颂歌。请欣赏合唱《我和我的祖国》《走向复兴》。

(合唱《我和我的祖国》《走向复兴》)

丙:习近平总书记在文艺工作座谈会上的讲话精神,为新时期全面繁荣社会主义先进文化指明了方向,也为文艺工作者树立了精神灯塔。我们坚信,在习近平总书记讲话精神的指引下,又一个欣欣向荣的文艺春天必将繁花似锦,春色满园。

丁:春风拂面,春意盎然,让我想起了"一年之计在于春"。春给人们带来了生机,春给万物带来了希望。让我们一同携手春风,走进明媚的春天。请欣赏歌伴舞《花香龙安》。

(歌伴舞《花香龙安》)

甲:诞生于20世纪50年代的豫剧《朝阳沟》,可谓是现代戏曲一个里程碑式的作品,半个多世纪以来依然经久不衰。剧中不乏经典唱段更是脍炙人口,众口传唱。

乙:是啊,我印象最深的一段唱是《亲家母对唱》,轻松诙谐,别有一番风味。

甲:接下来,我们将欣赏到的是枣乡版《亲家母对唱》,会不会更具特色呢?让我们一同聆听!

(戏曲《亲家母对唱·枣乡版》)

丙:一部好的文艺作品,不仅能鼓舞人民,传递真善美,还能记录下岁月的变迁。

丁:当我们回首如烟往事的时候,也许一切都将逝去,唯有一首歌、一句词会常留在我们记忆深处。大家一定还记得《草原之夜》这首歌曲吧。这首被誉为"东方小夜曲"的歌曲,像一股涓涓溪流,一直流淌在我们心中。

丙:是的,歌声是难忘的时代坐标,歌声是抹不去的历史印迹。接下来,让我们一同重温这首唯美、动听的《草原之夜》。

(独唱《草原之夜》)

甲:哎,问你一个问题,平时当你感到高兴或者幸福的时候,一般会选择怎样的表达方式?

乙:这个嘛……有时会说给家人或朋友,与他们一起分享,有时会去看场电影、吃点好吃的,要不就去逛逛商场,唱唱歌……

甲:嘿!还真不少呢!其实有一种最简单的方式,你知道吗?

乙:什么方式?

甲:就像接下来大家将要看到的舞蹈一样,感到幸福就拍拍手!

乙:好!一起欣赏舞蹈《感到幸福就拍拍手》。

(舞蹈《感到幸福就拍拍手》)

丙:我们知道,南水北调工程是一项恩泽万代的伟大工程。在南水北调中线工程实施过程中,我省也是线路最长、涉及面积最大的省份,10年的时间共出土了10万余件珍贵文物。

丁:为了让公众共享南水北调中线工程文物保护成果,经过近1年的精心筹备,"流过往事——南水北调中线工程河南段文物保护成果展"在安阳顺利开展。面对这次文物数量多、规模较大的文物精品展,我们做了大量艰苦而细致的准备工作。

丙:瞧,这开展在即,又在忙着对讲解员的培训和考核。让我们共同欣赏小品《开展在即》。

(小品《开展在即》)

主持词篇

甲：你知道2014年哪首歌曲最流行吗？

乙：这还用说吗？当然是《小苹果》啦！一曲《小苹果》唱遍了大江南北，其节奏明朗、欢快，不但哼唱起来朗朗上口，这跳起来也是别有味道。

甲：今天的文艺汇演，就让大家一同来品味这枚"小苹果"带来的幸福味道。

（歌舞《小苹果》）

丙：（唱）"你是我的小呀小苹果儿，怎么爱你都不嫌多，红红的小脸儿温暖我的心窝，点亮我生命的火……"

丁：停停停……怎么还唱上了呢！看来这"小苹果"的魅力可不小啊！

丙：可不是嘛！自从我第一次听了之后，回家这满脑子都是"小苹果"，坐着唱，走着唱，做饭也唱……

丁：哎哎哎！该报节目了！

丙：哦，看我，光顾着"小苹果"了。接下来，请大家欣赏一组歌曲联唱：《太行如歌》《时间都去哪儿了》《人间第一情》。

（歌曲联唱《太行如歌》《时间都去哪儿了》《人间第一情》）

甲：新春佳节，是团圆的时候。一家人围坐在一起吃个团圆饭，诉说这一年来的辛酸和甜蜜。当然，此时也会有不少人不能和亲人团聚，只将无尽的情思寄托明月，抒发对故乡和亲人的思念。

乙：正如唐代李白《静夜思》中的诗句："举头望明月，低头思故乡。"接下来，请欣赏舞蹈《床前明月光》。

（舞蹈《床前明月光》）

丙：一年年寒来暑往，一次次花落花开，时间像流水一样在不经意间从你我的身边匆匆流逝。

丁：是啊，我们无法阻止时间的脚步，那就让我们用脚步去追赶时间。请欣赏诗朗诵《匆匆》。

（诗朗诵《匆匆》）

甲：在当今物质生活较为丰富的今天，人们越来越重视自身的健康，各种文体健身活动更是形式多样。

乙：是啊，我发现如今许多青年朋友，尤其是女性朋友都纷纷加入练习瑜伽的行列，以求健美体型、调养身心。接下来，让我们共同欣赏一段精彩的瑜伽表演。

（瑜伽表演）

丙：历史表明，人民群众是党的力量之源，群众路线是党一切工作的根本路线。我们每位党员干部只有心中装着群众，处处想着群众，才能得到群众的信任和拥戴，才能为伟大中国梦的实现贡献力量。

丁：这正是，干部好不好，群众说了算，是非功过有公论，百姓心中有杆秤。接下来，请欣赏一组极具正能量的戏曲联唱。

（戏曲联唱《老百姓心里有杆秤》《到边关》《临行喝妈一碗酒》）

甲：共筑中国梦，我们感受最多的是幸福与快乐。

乙：中华大家园，我们收获最多的是平安与祥和。

甲：和风细雨，天地人和，和颜悦色，人人亲和，好一个繁华盛世——

合：和谐中国。

（歌伴舞《和谐中国》）

甲：春回大地，喜气洋洋，欢腾的歌舞起程崭新的岁月。

乙：惠风和畅，万事吉祥，绽放的笑容书写春天的讯息。

丙：尊敬的各位领导，文化系统的各位同人，文化系统第四

届迎新年文艺汇演到这里就结束了。新的一年,新的希望。让我们在市委、市政府的正确领导下,认真贯彻习近平总书记文艺座谈会讲话精神。

丁:坚持以满足人民群众精神文化需求为出发点和落脚点,奋发向上,开拓创新,为打造安阳经济升级版、建设豫北区域性中心强市而共同努力!

甲:朋友们,再次祝愿大家在新的一年里身体健康、工作顺利、合家欢乐、梦想成真!

乙:朋友们,让我们共同期待明年再相会!再见!

安阳市文化系统第五届
迎新年文艺汇演主持词

时间：2016 年 2 月 2 日下午

地点：两馆学术报告厅

主持人：郝庆峰、杨晓帆、张璐、谢龙

（开场鼓舞《中国龙》）

甲：尊敬的各位领导，文化系统的各位同人，大家——

合：新年好！

甲：辞旧迎新，又是一个欢聚的时刻。

乙：冬去春来，又是一个喜庆的时刻。

丙：在这欢聚的时刻，我们即将走进 2016 年崭新的春天。

丁：在这喜庆的时刻，我们又一次迎来文化系统的纵情联欢。

甲：刚刚的鼓舞《中国龙》拉开了文化系统第五届迎新年文艺汇演的序幕。在此，我们向各位领导、来宾，向文化系统的全体同人，向长期以来关心支持我们文化事业的各界朋友拜个早年，祝大家新年快乐，身体健康，合家幸福，吉祥如意！

乙：过去的一年，我局以党的十八届四中、五中全会精神为指导，以科学发展观为统领，结合"三严三实"主题教育活动，围绕市委、市政府的工作部署，全局上下团结拼搏、奋力进取，圆满完成了全年各项工作任务，取得了累累硕果。

丙：展望新的一年，"十三五"规划的宏伟蓝图正徐徐展开。面对新的征程、新的目标，我们信心百倍，激情满怀。

丁：让我们用歌声诠释青春的气息，用舞蹈张开梦想的翅

膀,迎着新春的艳阳,绽放文化事业欣欣向荣、昂扬向上的蓬勃与辉煌!接下来,请欣赏舞蹈《给力,青春》。

(舞蹈《给力,青春》)

甲:随着科技进步的日新月异,网络已成为我们生活中不可或缺的一部分。然而,面对一本本散发着墨香的图书来说,有人认为,瞬间的网络代替不了恒久的图书,而书本的清香却可以穿透时空,历久弥新。

乙:是啊,相信每一位读者都有这样的梦想:坐拥书城,在宁静的氛围中,从书架上轻轻抽出一本书,慢慢品读个中韵味。正如博尔赫斯所说:"我一直认为,天堂就是图书馆的模样。"请欣赏诗朗诵《天堂,图书馆的模样》。

(诗朗诵《天堂,图书馆的模样》)

丙:一首歌能唱出一种力量,一首歌也能表达一种情意。

丁:是啊,尤其一首首经典老歌,伴随我们成长,影响着我们的人生。不管岁月变迁,每当唱起,都能唤起我们心中美好的回忆。接下来,让我们伴随着歌曲《甜蜜蜜》那熟悉的旋律,一起回味那积淀已久的岁月温情。

(歌伴舞《甜蜜蜜》)

甲:每个人心中都有一个梦想,梦想是生活的动力,梦想是前进的方向。

乙:是啊,也许每个人的梦想很小、很平凡,但是把每个人的梦想汇聚在一起,就是伟大的中国梦。

甲:中国梦让我们感受到幸福,中国梦让我们看到了希望,中国梦正引领着中华民族走向光明的未来。

乙:请欣赏大合唱《共筑中国梦》《中国朝前走》。

(大合唱《共筑中国梦》《中国朝前走》)

丙：改革开放使人们的生活水平有了很大提高,也使人们的生活观念和生活方式发生了很大变化。

丁：的确,当今社会,越来越多的人选择在节假日里去健身、去美容、去旅游。要说这旅游啊,它不仅可以让我们看到旖旎的自然风光,领略各地的人文风情,还可以愉悦身心,陶冶性情。

丙：是啊,试想,如果这旅游也能带我们穿越,那将是怎样的情形? 让我们一起来欣赏小品《穿越之旅》。

(小品《穿越之旅》)

甲：要说这过年啊,咱们中国人的习俗少不了贴春联。一副副红彤彤的春联,象征着吉祥,传递着美好祝福。

乙：是啊,春联是春节最美好的一种庆贺方式。哎,这猴年到了,我这儿给大家送上一副春联,上联是:金猴迎春,棒起千钧澄玉宇;下联是:春风再度,花开万里展宏图。

甲：说得好! 你给大家送春联,我给大家送联唱。一起来欣赏《卓玛》《月伴小夜曲》《那些花儿》。

(歌曲联唱《卓玛》《月伴小夜曲》《那些花儿》)

丙：桃花水,乌篷船,春风晓月杨柳岸;雨涟涟,梦连连,烟花三月走江南。

丁：接下来,让我们跟随一段唯美的旗袍秀表演,共同品味那如诗如画的魅力江南。

(旗袍秀《烟花三月》)

甲：祖国,永远是最神圣的名字,镌刻在每个中华儿女的心中。无论海角天涯,一种不变的情怀永远把您歌唱。

乙：接下来,请欣赏诗朗诵《祖国颂》。

(诗朗诵《祖国颂》)

丙：一首好听的歌曲，总是让人寻味，让人难忘；一段好听的旋律，总能伴我们走过风雨，拥抱希望。

丁：音乐是人与人之间的心灵交融，音乐是超越一切语言的情感沟通。接下来，请欣赏萨克斯重奏《好人好梦》，一同感受音乐世界的绚丽缤纷。

（萨克斯重奏《好人好梦》）

甲：往事如沙，岁月如歌，总有些情节，将会抹去；总有些眷恋，日渐沉积。

乙：也许是青春的印记，也许是故土的风雨，也许是你我心头那份愁苦的相思。接下来，让我们在舞蹈《二十二桥枫别雨》的意境中去感受那份浓浓的相思风情。

（舞蹈《二十二桥枫别雨》）

丙：哎，你爱看新闻吗？

丁：当然啦，新闻能让我们了解每天发生的事情。

丙：一般说来，我们看到或听到的新闻大多都是以平实、严肃的语气播报，但接下来大家将要看到的这个相声，则选用幽默风趣的语言播报，相信会让您开怀大笑。一起来欣赏相声《新闻晚知道》。

（相声《新闻晚知道》）

甲：我们有缘相会在文化事业的百花园，用真情和汗水浇灌出万紫千红，繁花似锦。

乙：同样的渴望，同样的追求，同样的感受，让我们唱着同一首歌。接下来，请欣赏小合唱《同一首歌》。

（小合唱《同一首歌》）

丙：有人说，舞者的每一个舞步，每一次律动，都是一句句动感的诗，彰显着自然和谐之美和天地人性之美，诠释着对生活的热爱和对精神的释放。

丁：接下来，让我们在古琴声中一同感受舞蹈艺术的魅力多姿。请欣赏古琴与舞蹈《春风雅颂》。

（古琴与舞蹈《春风雅颂》）

甲：中国的戏曲，源远流长，博大精深，有着鲜明的民族风格，是人们喜闻乐见的文艺形式。

乙：是啊，我们今天的演出当然也少不了戏曲节目。接下来，请欣赏一段戏曲联唱。

（戏曲联唱《幸福歌》《唐伯虎点秋香》《三哭殿》《霸王别姬》）

丙：送走了雪花飞舞的冬季，我们即将迎来生机勃勃的春天。春回大地，万物复苏，到处都是欣欣向荣的景象。

丁：如果说北方的春天是一首鲜活灵动的诗篇，那么南方的春天则是一幅栩栩如生的画卷。请欣赏舞蹈《小镇烟雨》。

（舞蹈《小镇烟雨》）

甲：近年来，我们的文化工作始终坚持以人民为中心，深化文化体制改革，推动文化事业繁荣，促进文化产业快速发展，实现文化为民、文化惠民，不断满足人民群众的精神文化需求。

乙：是啊，人民是咱的衣食父母，百姓是咱的力量源泉。让我们共同携手，为了人民的幸福，再接再厉，做出更大的贡献！

（歌伴舞《咱老百姓》）

甲：一年又一年，我们在歌声中迎接春天。

乙：一年又一年，我们在春天里放飞梦想。

丙：伴随着欢歌笑语，我们文化系统第五届迎新年文艺汇演就到结束了。2016年是"十三五"规划的开局之年，让我们在市委、市政府的正确领导下，深入贯彻党的十八届四中、五中

全会精神和习近平总书记在文艺座谈会上的讲话精神。

丁:奋发向上,开拓创新,为全面建成小康社会和中原经济区区域性中心强市而努力奋斗!

甲:朋友们,让我们期待明年再相聚!

乙:朋友们,再见!

"中秋月·故乡情"2016 年
中秋安阳诗会主持词

时间:2016 年 9 月 15 日晚

地点:安阳电视台

主持人:王震、孟祥青

男:又是一年中秋夜,花好月圆庆佳节。尊敬的各位领导,现场和电视前的观众朋友们,大家晚上好!这里是"中秋月·故乡情"2016 年中秋安阳诗会的现场。欢迎各位的光临。

女:海上生明月,天涯共此时。在今晚这月光朗照、月华如歌的团圆之夜,我们欢聚在一起,用诗歌的名义吟诵中秋,在银色的月光下,共度浪漫的中秋之美。在此,我们祝愿现场和电视前的观众朋友们和安阳的父老乡亲——

合:中秋节快乐!

男:中秋佳节是中华民族的传统节日,也是一个值得期盼的日子。每到中秋,或合家团聚,或好友重逢,赏月,品酒,共话团圆,共享温馨。

女:是啊,然而对于离家在外的游子,在这月圆之夜,独对皓月,望月怀远,又有多少思乡情愁叠印在悸动的心头。

男:请欣赏中国台湾著名诗人余光中的经典名作《乡愁》。

(诗朗诵《乡愁》)

男:不离开家乡,不会理解那份炊烟袅袅的乡情;不游走他乡,无法懂得难以割舍的乡愁。乡愁是月,拴着游子的心;乡愁是根,牵着游子的魂。绵延于岁月的深邃,漂泊的再远也不会抹去一丝一毫。

主持词篇

女:透过乡愁,能嗅到故乡的味道,看到那熟悉的土屋、篱笆、草垛和小桥,耳边又响起儿时唱过的歌谣。记忆中的故乡就像一个温柔美丽而又不忍割舍的心结,悬在我的心空,每一次想起都是柔柔的暖意,每一次忆起都是淡淡的愁绪。

男:请欣赏现代诗人戴望舒的作品《雨巷》。

(诗朗诵《雨巷》)

男:每到中秋都会有这样一句老话挂在嘴边,"每逢佳节倍思亲"。相信此时此刻,漂泊异乡的游子,无论身在何处,心中想得最多的一定是故乡,无论路有多远,归心似箭的心情一定最迫切。

女:是啊,因为家里有亲人的期盼,有久违了的亲情,还有那扯不断、解不开的乡音眷恋。都说世上的美景无数,但我认为心中最美的风景就是那承载着无尽的思念与牵挂的——

合:回家的路。

(歌曲《回家的路》)

男:月圆,情圆,团圆是中秋的主题。

女:真心,真情,真爱是生命的旋律。

男:疏枝恋月,明镜影叠,青春的悸动像月光一样洒向情窦初开的心扉。

女:月夜花开,散香沉情,缠绵了许久的心事在羞涩的眼中透出朦胧的诗意。

男:我知道——

女:我知道——那是四月的秘密。

(诗歌《四月的秘密》)

男:"今人不见古时月,今月曾经照古人。"自古以来,月亮就是文人墨客吟咏的对象,月圆月缺,引发了诗人多少美好的想象;月晴月阴,牵动着文人无尽的创作情思,也留下了许多有关月亮的名篇佳作。

女:古诗古词朗朗吟咏,古曲古韵声声入耳。中华民族五千年的文化音律如灿若晨星的瑰宝,滋润了一代又一代华人的心灵。

男:此刻,我想到唐代诗人张若虚的那首《春江花月夜》,眼前仿佛看到那烟波浩渺的春江远景,让人沉醉其中。

女:好一个"春江潮水连海平,海上明月共潮生"。

(诗歌《春江花月夜》)

男:我们的中秋佳节有着悠久的历史和深厚的文化底蕴,花好情郁之际,伴着悠扬的乐曲和袅袅的茶香,品味作家笔下中秋的滋味,别有一番情趣。

女:千重山,万道水,一轮明月系住两地心;三秋桂,十里荷,百分思念牵出万点情。此刻的月色,已经幻化成一份对故乡和家人的思念,一份友人团聚的欢喜,一份恋人之间温情的相思。

男:请欣赏现代诗人徐志摩的作品《两个月亮》。

(诗歌《两个月亮》)

男:因为中秋,明月才显得格外晶莹和圣洁;因为明月,中秋才变得如此温馨和丰润。

女:我的心是中秋的月,几分情,几分真,几分相思到如今;爱深深,意浓浓,月亮代表我的心。请欣赏歌曲《月亮代表我的心》。

(歌曲《月亮代表我的心》)

男:中秋赏月、吃月饼,可以说是全国各地普遍的风俗习惯,但由于我国地域广大,人口众多,中秋节的过法也随着地域的不同而呈现出不同的习俗。像安徽的堆宝塔、广州的树中秋、香港的舞火龙,还有傣族的拜月、苗族的跳月、侗族的偷月亮菜等等,都带着浓厚的地方特色。

女:然而,不论南方或是北方,不论形式如何变化,中秋佳节都寄托着人们对生活的无限热爱和对美好未来的向往。正所谓——一样的月圆,不一样的中秋;别样的风俗,一样的祝福。

男:请欣赏网络作家赵凌云的诗作《我的南方和北方》。

(诗歌《我的南方和北方》)

男:今夜,我们在溶溶的月光下,品味诗词的浪漫神韵。

女:今夜,我们在悠悠的诵读声中,感受中秋的祥和温馨。

男:让我们把美好的创意交给秋风,任其演绎相思的旋律。

女:让我们把心中的祈愿托付明月,在月宫桂树下再续永恒的主题。请欣赏现代诗人何其芳的诗作《圆月夜》。

(诗歌《圆月夜》)

男:中国的节日大都与酒有着不解之缘,中秋饮酒已成为一种节日习俗,跟酒相关的典故、诗句更是数不胜数。

女:没有诗的人生是寂寞的,没有酒的诗歌是干涩的。穿越历史的烟云,让我们走进诗仙李白那飘着浓浓酒香的诗歌,和着他"斗酒诗百篇"的节拍,举杯邀明月,与圣贤相会,与历史对话。

男:请欣赏李白的经典诗作《将进酒》。

(诗歌《将进酒》)

男:琴声诗情颂中秋,梨园春色韵常流。有人说,月光之下听戏赏景,会让中秋别有韵味。在今晚的中秋诗会,我们特意为大家带来了一段精彩的戏曲演唱。

(戏曲)

男:无论天南与海北,无论团聚或离别,在中秋之夜,让我们把心中的爱意与关怀,深情与祝福,凝结在这中秋团圆的时刻,举杯邀明月,把酒话佳节。

女:花好月圆夜,九州同欢庆。让我们心心相印,执手相伴,借着天上的明月,抒发美好的心愿——"但愿人长久,千里共婵娟"。

（歌曲《但愿人长久》）

男:明月照古今,天地共久长。观众朋友们,"中秋月·故乡情"2016年中秋安阳诗会到这里就全部结束了。感谢您的光临和收看。

女:我们再次衷心地祝愿大家身体健康,心想事成,和气满堂,幸福团圆。朋友们,再见!

2016年安阳市春节
电视文艺晚会主持词

时间:2016年1月30日晚

地点:安阳电视台演播大厅

主持人:栗克、张淑飞、许辰、韩颖、王震、孟祥青

(开场《和春天一起来》)

甲:和春天一起来,四海欢腾天地新。

乙:和春天一起来,万家团圆福盈门。

丙:尊敬的各位领导、各位来宾,现场和电视机前的观众朋友们,安阳的父老乡亲们,大家——

合:春节好!

丁:这里是2016年安阳市春节电视文艺晚会的现场。

戊:在这万象更新、举国共庆的新春之夜,我们向全市人民、向解放军驻安阳部队指战员、武警官兵和公安干警,

己:向所有关心和支持安阳发展的各界朋友们拜年!恭祝大家——

合:新春快乐!

甲:辞旧迎新,又是一个万物复苏的季节。

乙:春潮涌动,又是一个光鲜明媚的春天。

丙:回首过去的一年,我们心潮翻卷;翘首崭新的春天,我们激情飞旋。

丁:此时此刻,春风吟唱发出邀请,让我们带着一年的耕耘与收获,欢歌笑语,共享新春大联欢。

戊:此时此刻,金猴闹春舞动吉祥。

己:让我们约会新年的祝福与梦想,欢天喜地,共赏好戏——

合:大拜年!

(年俗舞蹈《猴娃送福》)

戊:2016年安阳春晚的系列活动自2015年10月启动以来,整个主创团队立足于创新,推出了一系列主题创意活动,可谓是大招频出、亮点频现。比如说,安阳春晚史上首次举行官方启动仪式,首次制作官方推介主题MV《生活就是舞台》,首次开展春晚形象大使"春宝贝"选拔活动、首次进行安阳春晚主视觉设计,首次将"我要上春晚"活动移至户外进行大范围推介,取得了非常好的传播效果。

己:节目形态上的创新和亮点就更多了,不胜枚举。比如说,下面这种节目形态就是首次出现在安阳春晚的舞台上。请欣赏摇滚与空中舞蹈组合,让我们随着动感的节奏,一同感受生命怒放带给我们力与美的震撼。

(摇滚与空中舞蹈组合《怒放的生命》)

丁:2015年,是"十二五"的收官之年。回顾我市发展极不平凡的五年,面对艰巨繁重的改革发展任务,我们坚持"转中求进、改革创新"工作总基调,统筹推进各项工作,全市经济社会发展取得较大成就,为实现中国梦迈出了坚实步伐。

丙:2016年,是"十三五"开局之年,是我市全面建成小康社会决胜阶段的起步之年,也是推进结构性改革的攻坚之年。

丁:新的一年,每个人心中都有着自己的新年梦想。比如说:换套大房子,找个好工作,多挣点儿钱,买辆汽车,或是在猴年生个猴宝宝,等等。

丙:是啊,百姓的梦很简单,百姓的梦很普通,但千千万万连在一起就是美丽的中国梦。

(时尚混搭《我的中国梦》)

甲：每到新春佳节，都是咱老百姓最开心、最兴奋的时候。家家户户都要贴春联、放鞭炮，长辈们还要煎炒烹炸，忙前忙后，张罗一大桌可口的年夜饭，让我们在团圆的喜庆中品味到浓浓的年味儿。

乙：是啊，如果说一道道美味让我们饱了口福，那么接下来我要为大家送上一道独特的视觉大餐，相信一定会使您一饱眼福。让我们一同走进奇妙无穷的魔幻之夜。

（魔术《魔幻之夜》）

丙：春晚的舞台是梦想的舞台，也是欢乐的舞台，说到底，还是咱老百姓自己的舞台。近年来，安阳春晚秉承"开门办春晚"的理念，贴近百姓生活、反映百姓情感，让越来越多有才艺的普通老百姓以多种方式登上春晚的舞台。

丁：正所谓"生活就是舞台，共演绎同精彩"。让我们共同期待花腔与足尖对话，踏着春天的节拍，舞一曲春天的芭蕾。

（歌伴舞《春天的芭蕾》）

戊：春回大地，每一个角落都洋溢着勃勃生机。

己：春满人间，每一簇花草都充满了诗情画意。

戊：这正是"凝神着墨花丛间，万紫千红入画来"。

（舞蹈《入画》）

甲：说到咱们安阳春晚，我想问问，你最期待的是什么节目？

乙：那还用说！当然是爆笑方言小品了。

甲：是啊，从2014年的《有事请找我》到2015年的《有事还找我》，我们的方言小品不仅用轻松幽默的表演给我们带来了欢乐，也用真诚的热心和善举传递着正能量。

甲：在今晚万家团圆的时刻，让我们一起欣赏小品《团圆饭》。

（小品《团圆饭》）

丙：刚才小品中的几句话说到我们心里了。以前什么都没有，一家人还能经常聚在一起面对面的交流，后来电话、网络的普及，特别是微信时代的到来，彻底改变了我们的生活。

丁：是啊，现在，就在我们忙着低头刷屏、点赞、晒照片的时候，不知不觉地疏远了亲情。不是有一句网络流行语叫："世界上最遥远的距离，莫过于我坐在你面前，你却一直低头玩着手机。"

丙：是啊，亲情无法替代，爱更需要表达。过年了，当你和家人团圆的时候，记得放下你的手机，伸出双手，去拥抱亲情。

（情景歌舞《最远的距离》）

戊：一首歌曲过后，不知电视机前有多少观众已经放下了手中正在刷屏的手机。

己：说到放下手机，我就替你发愁。像你那么爱自拍的人，没了手机，你可怎么臭美啊！

戊：我臭美？比起我女儿可差远了！那小家伙，没事儿就偷用妈妈的口红、偷穿妈妈的高跟鞋。我们全家都叫她小"猴不定"（"猴不定"是安阳方言）。

己：哎，"猴不定"其实就是安阳的一句俗语，反映出的是大家自信、爱美、阳光的一种生活态度。我们今天的晚会现场就来了一群比美斗俏的小"猴不定"！我们来看他们将带来怎样精彩的表演！

（少儿舞蹈《猴不定》）

甲：要说这过年啊，是咱中国人最能体现亲情的节日，也是最能彰显党和政府联系群众、关心人民疾苦的时刻。

乙：是啊，只有把人民放在心头，才能得到群众的拥戴；只

有把人民当作亲人,才能受到群众的信赖。

甲:人民是天,人民是山。当好人民公仆,走好群众路线,用共产党人不变的忠诚和誓言托起浩荡清风、朗朗神州。

(女声独唱《天下百姓》)

戊:家是中国人情感的寄托,也是我们每个人心中永远都抹不掉的精神坐标。每到春节,所有离家的游子无不是朝着同一个方向,那就是回家。

己:回家过年,有说不完的温暖,有道不尽的感动。请欣赏主题微电影《安阳春晚·接你回家》。

(主题微电影《安阳春晚·接你回家》)

(男声独唱《来不及报答》)

甲:2015年9月3日,对所有中国人来说,是一个有着重要意义的日子。纪念中国人民抗日战争暨世界反法西斯战争胜利70周年大阅兵,让世界看到了中国的强大,也见证着我们对历史的记忆和对和平的珍爱。

乙:当参阅部队正步走过天安门广场的那一刻,每一个中国人无不心潮澎湃、豪情满怀。让我们安阳人更为自豪的是,在受阅方队中,就有驻安阳部队官兵的飒爽英姿。这既是一种幸运,更是一种——

合:无上的荣光。

(大阅兵展示环节《光荣中有我》)

戊:2015年,安阳市民的嘴边流传着这样的流行语:"市民之家,去了吗?""购房补贴,领了吗?""公共自行车,骑了吗?"从一句句简单而质朴的话语中,我们能真切地感受到过去一年安阳民生改善和经济社会发展的律动。

己:2015年,安阳经济社会发展正企稳回升,城市面貌正在悄然发生着变化。今天的安阳,处处昂扬着奋进的生机和发展的力量。我想说,这种力量其实就是一种责任,一种担当。它来自人民的期待,来自众望的目光,来自你我心中——

合:永恒的信念。

(歌伴舞《信念》)

丙:过大年,唱大戏,是咱民间相传多年的传统习俗。今年的春晚,当然也少不了这道民俗大餐。

丁:接下来,让我们伴随戏曲艺术的馥郁芬芳,走进繁花似锦的梨园春色。

(戏曲《梨园春色》)

甲:载歌载舞,今宵无眠;姹紫嫣红,岁岁年年。

乙:让我们采撷新春的曙光,编织和谐的安阳,带着美好的向往,聆听新年的歌唱。

(尾声《新年颂》)

甲:约会春天,我们播撒幸福的阳光。

乙:约会春天,我们放飞缤纷的梦想。

丙:尊敬的各位领导、各位来宾,亲爱的观众朋友们,2016年安阳春节电视文艺晚会到这里就要给您说再见了!

丁:让我们在市委、市政府的坚强领导下,抢抓机遇,加快发展,在建设中原经济区区域性中心强市的历史进程中,再创辉煌!

戊:让我们明年再相会!

己:朋友们,再见!

"品味中原·公益周末小舞台"
安阳市文化馆专场演出主持词

时间:2017 年 6 月 10 日晚
地点:河南省文化馆小剧场
主持人:李智博、谢龙

(舞蹈《甲骨文字秀》)

男:尊敬的各位领导、各位来宾,亲爱的观众朋友们,大家晚上好! 这里是河南省文化馆"品味中原·公益周末小舞台"安阳馆专场的演出现场,欢迎各位的光临。

女:"一片甲骨惊天下。"舞蹈《甲骨文字秀》带我们穿越 3300 年的时空隧道,来到甲骨文之乡——古都安阳。

男:安阳历史悠久,文化厚重,是中国八大古都之一,国家历史文化名城,世界文化遗产殷墟所在地,《周易》的诞生地,曹操高陵所在地,岳飞故里和红旗渠精神发源地。正所谓:一城芳华,千古风流,物华天宝,风韵常留。

女:放眼广袤的殷商大地,演绎着古往今来沧海桑田,每一处古迹都讲述着动人的传奇,每一寸土地都展现着今日安阳的灿烂与丰盈。人间四月天,花开好时节。让我们踏着春天的节拍,一同走进安阳,去访古探今,寻梦观景。请欣赏舞蹈《踩青》。

(舞蹈:《踩青》)

女:春光万里,春和景明,大自然总是给人们带来无尽的享受。春花秋月,春华秋实,春天因为花开而美丽,秋日因为月色而充实。接下来,让我们一起欣赏古筝与双簧管二重奏《月宫》。这首作品运用了许多新的创作及演奏技法,将我国的古筝与西方管乐巧妙地融合在一起,一清一厚,浑然天成。

(古筝与双簧管《月宫》)

男:戏曲是中华文化的瑰宝,豫剧是河南文化的名片。千百年来,河南豫剧在文化传承中酝酿,在精神追求中铸就,在吉祥幸福中激扬,唱出了河南之魂,传承着大河精神。接下来,请欣赏豫剧《花木兰》中的经典唱段《谁说女子不如男》。

(少儿豫剧《花木兰》选段)

女:地道家乡话,还是梆子腔,情似黄河浪,常念黄土黄。接下来,让我们跟随板胡独奏《梆子腔》,一同回味那韵味悠长的故土情思。

(板胡《梆子腔》)

男:五千年民族魂,生生不息;一代代中国人,砥砺前行。走过"雄关漫道真如铁"的昨天,跨越"人间正道是沧桑"的今天,向着"长风破浪会有时"的明天,中国梦展开了前所未有的广阔空间,一个富强、民主、文明、和谐、美丽的中国,正在我们每一个人手中演绎出旷世辉煌的交响。请欣赏歌曲《非同凡响》。

(女声独唱《非同凡响》)

女:一座城市,代表着一种生活,一种表达,每个城市都有自己独特而绵延不息的文化印记。安阳淮调作为国家级非物质文化遗产,也是安阳地域众多文化印记当中一个闪光的符号,其唱腔独具特色,音调挺拔高昂,强烈的故事性、丰富的语言性和优美的音乐性彰显了尤为宝贵的民俗文化价值。请欣赏淮调《吴凤英观旗》中的一段唱。

(淮调《吴凤英观旗》选段)

男:稀有剧种不仅是一个地方的文化记忆和文化基因,也展示了河南文化的多样性和包容性。接下来,大家欣赏到的同样也是国家级非物质文化遗产项目——大平调。大平调起源于明代弘治年间,有着悠久的历史,在黄河以北的广大地区影响广泛,形成了三个支派,内黄大平调属于西路平调。让我们掌声有请大平调传承人带来《铡赵王》中的一段唱《用手儿接过来冤枉大状》。

(大平调《铡赵王》选段《用手儿接过来冤枉大状》)

女:东风吹放花千树,中原大地起宏图。在今天决胜全面小康、让中原更加出彩的进程中,亿万中原儿女正奋力书写中原崛起的壮美画卷。正所谓,百业兴旺和谐景,青山绿水入画来。请欣赏舞蹈《入画》。

(舞蹈《入画》)

男:坠剧又称坠子戏,是一个具有浓郁中原乡土气息、艺术个性很强的地方戏曲剧种,同样也是国家级非物质文化遗产,至今已有一百多年的历史,其表演外野内秀,别具一格,深受人们的喜爱。所以,在民间就流传着"不打场、不犁地,都要去听坠子戏"的谚语。让我们一起来欣赏坠剧表演《小姑贤》。

(坠剧表演《小姑贤》)

女:这是一个充满创意的时代,也是一个追求时尚的年代。尤其像现在 90 后、00 后,他们前卫的思想和超乎寻常的创意,总会给我们带来无限的惊喜。接下来,大家将看到的是一个青春帅气的男团组合,相信他们活力动感的时尚气息,一定会让你禁不住和着音乐的节拍一起嗨起来!请欣赏男团组合带来的歌舞《我们的天空》。

(男团歌舞《我们的天空》)

男：茫茫大地，铺开长长的乡情乡恋，化作不屈的太行，唱响出彩中原。

女：浩浩中原，承载太多的乡音乡韵，融进不息的黄河，唱响大河之南。

男：大神州大中原，撸起袖子加油干。

女：天之中河之南，追梦路上捷报传。让我们紧密地团结在以习近平同志为核心的党中央周围，在省委、省政府的坚强领导下，不忘初心，继续前进，让古老厚重而又充满生机的中原大地永驻幸福平安。

（歌伴舞《中原大地》）

男：梦相通，心相连，亲不够出彩河南大家园。

女：歌绵绵，舞翩翩，唱不尽豪情万里艳阳天。尊敬的各位领导、各位来宾，现场的观众朋友们，"品味中原·公益周末小舞台"安阳市文化馆专场演出到这里就要给您说再见了！感谢大家的观看！

男：中原一家亲，安阳等你来！在此，我们真诚地邀请各位朋友、老乡到安阳做客、旅游观光！朋友们，再见！

女：再见！

2017 年安阳市春节
电视文艺晚会主持词

时间:2017 年 1 月 20 日晚

地点:安阳电视台演播大厅

主持人:栗克、张淑飞、许辰、韩颖、王震、孟祥青

(开场歌舞《春天的邀请》)

甲:年年春风,岁岁相约,万家祥瑞春满园。

乙:尊敬的各位领导、各位来宾,现场和电视机前的观众朋友们,安阳的父老乡亲们,大家——

合:春节好!

丙:这里是 2017 年安阳市春节电视文艺晚会的现场,欢迎各位的光临和收看。

丁:在这辞旧迎新的欢聚时刻,我们向全市人民、向解放军驻安阳部队指战员、武警官兵和公安干警,向所有关心、支持安阳建设和发展的各界朋友们——

合:拜年啦!

戊:走过 2016 年 365 里追梦的旅程,让我们带着收获的喜悦共赴 2017 年崭新的春天。

己:此时此刻,让我们饱蘸涌动的激情和浓浓的乡情,写一副火红的春联,祝福安阳,春和景明展宏图,春光万里——

合:艳阳天。

丙:四海迎春到,八方歌如潮。伴随着新春钟声的敲响,2017 年安阳春晚又一次带着春天的邀请,和您一起迎新纳福,共度良宵。

丁：送走灵猴，迎来金鸡。今夜，让我们把承载一年的风尘与辛劳，化作猴跃九天，唱一曲雾散云消动春潮。

丙：今夜，让我们把珍藏一年的欢笑与感动，汇入鸡鸣春晓，舞一个吉庆满堂鸿运照。

（舞蹈《鸡鸣春晓》）

戊：好一个鸡鸣春晓，引吭出美好祝福，也预示着鸡年的蓬勃气象。祝大家在鸡年把握机遇，闻鸡起舞，吉庆有余，大吉大利！

己：近年来，安阳春晚始终秉持"开放"的姿态，通过"我要上春晚"等海选活动，让越来越多有才艺的群众登上安阳春晚的舞台，实现自己的艺术梦想。

戊：接下来，大家将要看到的两位演员就是通过"我要上春晚"等多种渠道发现的草根歌手，他们虽然没有从事自己的音乐专业，但依然没有放弃一个歌者的梦想。

己：过年了，让我们通过他们的歌声，走进那些为了梦想辛苦打拼的游子的心灵，聆听那份跨越千里之外的亲情和温暖。

（歌曲《新一封家书》）

甲：如果说《新一封家书》让我们闻到一股草根散发的泥土芳香，那么接下来的这个节目将带给我们"高、精、尖"的视觉震撼。

乙：让我来说说，这高，自然会想到高雅；精，指的是精彩；尖，一定是芭蕾的足尖了！怎么样？说得不错吧？

甲：其实，你只说了一半！因为这高不仅指高雅，还代表这个节目的高难度；精呢，还包括对节目的精心编排。说到尖，除了足尖的"尖"，还包括这肩膀的"肩"。

乙：让我们一起欣赏古典芭蕾与肩上芭蕾组合《彩云追月》。

（创意舞蹈《彩云追月》）

丙：盘点 2016 年的记忆，我想 7 月 19 日一定是安阳人民深深记住的一天。面对百年不遇的特大暴雨，人民群众的生命和财产安全受到严重威胁。危急时刻，在市委、市政府坚强领导下，全市各级党组织和广大党员干部群众冲在一线，与洪水对垒，与大灾抗争，谱写了一曲感天动地的洪流壮歌。

丁：暴雨倾盆，难抵铁骨铮铮；同心抗灾，铸就信念如磐。回眸 2016 年，我们更看到了新一届市委、市政府亲民、爱民、为民的信念，也听到了市第十一次党代会关注民生、富民强市的发展号角。

丙：从"八纵六横"的建设到环境治理的攻坚，从精准扶贫的承诺到重返第一方阵的誓言，新一届市委、市政府始终把人民群众对美好生活的向往作为奋斗目标，转型发展，务实重干，让人民群众拥有了更多实实在在的获得感。

丁：这正是，党心民心心连心，不忘初心梦成真。

（诗朗诵《洪流壮歌》）

（歌伴舞《不忘初心》）

甲：回望过去是为了不忘初心，继续前进。回望历史则是为了追溯精神，思考未来。2016 年，我们迎来了殷墟申遗成功十周年。千古神韵，万世芳华。殷墟以中华民族的勤劳与智慧，为世界文明宝库留下了永恒的瑰宝。

乙：今天，当我们的目光再次穿行于青铜甲骨织就的锦绣长廊，历史的星辰又展开一幅幅浓墨重彩的殷商风情，金声玉振，钟磬和鸣，我们耳畔又响起那穿越 3300 年历史、生生不息的呼唤。

（女声独唱《每当听到你的呼唤》）

戊：随着时代的发展，咱老百姓过年的方式也不断融入新的内容。有的人喜欢宅在家里,给家人一个暖心的陪伴,有的人则选择携家人一起旅行过年。其实,不管选择哪种方式,只要过得开心就好。

己:是啊,春节团圆除了陪伴家人,我们也应该给忙碌了一年的自己放个假。人们常说,幸福没有昨天,快乐就在眼前。岁月匆匆,人生短暂,快节奏的生活中,平常的日子里,总有太多的放不下。然而,不管你在做什么,不管你有多忙,请千万要记住给自己留点时间。

(男声独唱《给自己留点时间》)

丙:春暖大地,万象更新,春风细雨,别有风韵。春天带给我们无尽的遐想和希望,也在我们心中萌发着又一个生机勃勃的开始。

丁:最是一年春好处,芳草拾翠暮忘归。快让我们随着春天的脚步,轻歌曼舞,在春天的原野上,游春赏景,寻梦踩青。

(舞蹈《踩青》)

甲:奉献显真情,丹心济苍生。2016 年,在庆祝中国共产党成立 95 周年的时刻,我们再次回望 95 年来走过的峥嵘岁月,看到的正是一代代优秀的共产党人前赴后继,不懈奋斗,才换来了今天的幸福和繁荣。

乙:是啊,他们用热血和生命亮丽了鲜红党旗耀眼的光芒,也用全心全意为人民服务的行动回答了“为什么入党”,就像入党申请书里的承诺一样,永远接受着党的考验,时刻准备着为党和人民奉献一切。

(歌曲《入党申请书》)

丙:我们今天生活的时代真可谓日新月异,五彩斑斓,和我们的父辈生活的年代相比那叫翻天覆地。常听他们说,七八十年代物资相对匮乏,别说手机、电脑了,结婚时能有一台缝纫机或电视,那就是最豪华的嫁妆了。然而,他们却一样生活得幸福,拥有无尽的欢乐。

丁:是啊,每个年代有每个年代的追求,每个年代也有每个年代的快乐!请欣赏爆笑方言小品《我们的年代》。

(小品《我们的年代》)

戊:有人说,天蓝水清是市民期盼的幸福城市的底色。2016年,面对严峻的大气污染形势,市委、市政府采取了史上最严格的环境治理措施,在全市形成了党委领导、政府主导、部门负责、社会参与、齐抓共管的"全民治污"新局面。

己:环境整治,关乎千家万户;低碳生活,需要人人参与。就拿我们邻居家的一个小朋友来说,这不刚刚上了小学一年级,就养成了随手关灯、节约用水、不随便丢垃圾等环保习惯,还总是对她爸爸说要少开车,多坐公交车。

戊:别说,还真是个环保小达人!

己:是啊,今天,她和她的小伙伴也一起来到了春晚的舞台上,要用歌声呼吁人们快快行动起来,保护环境,珍爱我们共同的家园。请欣赏少儿歌舞《低碳贝贝》。

(少儿歌舞《低碳贝贝》)

甲:每年过年,回家团圆就成了一年当中最大的心愿。数以万计的人们,跨越万水千山,一路奔波,只为回家。家对于咱们中国人来说,总有着说不尽的情结。

乙:是啊,一提到"家"这个字,就会让我们感觉很温暖。家让我想到一间房、一盏灯、一张柔软的床,家更让我想到我们的父母。常言说,父母在哪里,家就在哪里。

甲:为了温暖回家的心愿,2017年安阳春晚剧组推出大型公益活动"安阳春晚·接你回家",并拍摄同名微电影。接下来,让我们跟随镜头走进千里之外的天津港,去感悟一对父子异乡重逢的幸福与温暖。

（微电影环节《安阳春晚·接你回家》）

（歌曲《儿女情长》）

丙：这是一个充满创意的时代，也是一个追求时尚的年代。尤其像现在的年轻一代，他们超乎寻常的创意，总是会给我们带来无限的惊喜。

丁：接下来，大家将看到的是一个时下最流行的青春帅气的男团组合，他们将带给我们活力四射的青春气息。相信一定会让你情不自禁地和着音乐的节拍一起嗨起来！请欣赏《我们的天空》。

（男团歌舞《我们的天空》）

戊：一年一度春风起，梨园欢歌唱大戏。在这春晚的舞台上，我想最能代表浓浓乡音的莫过于咱们的家乡戏了。

己：有道是：声声入耳家乡戏，丝丝入心故土情。接下来，让我们一起来欣赏精彩的豫剧表演。

（戏曲）

甲：又是一季涌动的春潮，万紫千红给大地添一份梦的颜色。

乙：又是一个难忘的今宵，万家灯火让新春多一份平安祥和。

甲：祝福明天，祝福你我，祝福美丽的安阳，向着未来——
合：引吭高歌。

（歌伴舞《万家灯火》）

甲：我们在春天相约，春光是最美的笑容。
乙：我们从春天出发，春风是飞扬的激情。
丙：新起点，新里程，我们信心百倍，启航新的希望！

主持词篇

丁：新思想，新气象，我们凝聚力量，创造新的光荣！

戊：让我们在市委、市政府的坚强领导下，不忘初心，继续前进。

己：加快推动安阳转型发展，用实际行动谱写重返第一方阵、决胜全面小康、建设区域性中心强市的新篇章！

甲：尊敬的各位领导、各位来宾，现场和电视机前的观众朋友们，2017 年安阳春节电视文艺晚会到这里就结束了！让我们共同期待明年再见！

2018 年安阳市春节
电视文艺晚会主持词

时间:2018 年 2 月 8 日晚
地点:安阳电视台演播大厅
主持人:栗克、张淑飞、许辰、韩颖、王震、孟祥青

(开场《春暖新时代》)

甲:红梅报春,春回大地艳阳天。

乙:飞雪迎春,春满人间百花艳。

丙:瑞犬旺春,春到福来合家欢。

丁:四海同春,春暖花开中国年。

戊:尊敬的各位领导、各位来宾,现场和电视机前的观众朋友们,安阳的父老乡亲,大家——

己:过年好!

甲:带着普天同庆的喜悦,带着迎春纳福的向往,造梦春天·2018 年安阳市春节电视文艺晚会再次让我们欢聚在春天的舞台。

乙:在这辞旧迎新的美好时刻,我们向全市人民、向解放军驻安阳部队指战员、武警官兵和公安干警,向所有关心和支持安阳建设和发展的社会各界朋友,送上新春的祝福,我们给您——

合:拜年啦!

丙:祝大家新春快乐,阖家幸福,红火兴旺,万事如意!

丁:此时此刻,天南地北,万象更新,我们正携手新时代的

主
持
词
篇

第一缕春风,走进 2018 年又一个崭新的年轮。

戊:此时此刻,歌舞联袂,笑语相随,我们在挥手告别时光变奏的贺岁声中,即将翻开中国梦又一页盛世新篇。

己:回望过去的 2017 年,对于我们国家、我们安阳的发展,都是满载收获的一年。这一年,党的十九大胜利召开,吹响了新时代推进中国特色社会主义伟大事业的嘹亮号角,为我们描绘了一幅决胜全面小康、实现中华民族伟大复兴的宏伟蓝图。

甲:这一年,市委市政府承天时,秉地利,聚人和,谋民福,安阳发展成绩斐然,转型步伐稳中加快,城乡面貌焕然一新,人民生活幸福可见。勤劳智慧的安阳人民,正朝着实现"一个重返、六个重大",建设新时代区域性中心强市的目标豪情进发。

乙:今晚,让我们从春天启航,沿着梦想的航线,意气风发,高歌向前,去拥抱那丽日当空的恢宏彩练。

丙:今晚,让我们和春天同往,伴着拔节的希望,共同祈福,共同祝愿,去迎接那欢天喜地的幸福开篇。

(女声三重唱《喜》)

丙:喜迎新年有唱不尽的欢歌,喜庆团圆有品不够的年味儿。在欢声笑语中,我们迎来了新年的第一缕阳光。此刻,人们也开始谋划美好的新年愿望,期盼新的一年平安幸福,梦想成真。

丁:说到梦想,每个人都有属于自己的梦想,而每个人的梦想汇聚在一起就是我们共同的中国梦。中国梦不仅在我们的手中接力传承,书写光荣,中国梦也在孩子们的心中生根发芽、郁郁葱葱。瞧,一群可爱的梦娃正带着梦想和童真走向未来。

(少儿年俗舞蹈《梦娃》)

戊:每逢佳节倍思亲。在春节这个团圆的日子里,我想到了那些在外打拼或身处异国他乡的安阳人。虽然此刻无法与家人团聚,但他们心系祖国,情怀家乡,他们正用自己的努力和奋斗书写着精彩人生,也为祖国的繁荣和家乡的发展贡献着自己的力量。

己:是啊,拳拳赤子心,浓浓桑梓情。在这喜迎新春的美好时刻,他们还通过一段视频给我们送来了一份来自大洋彼岸的新年祝福。

(短片《海外安阳人拜年》)

甲:他乡过春节,思乡情更切。每年的新春佳节,对于我们中国人来说,最想念的是回家,最盼望的是团圆。因为在我们心中,没有什么情感比亲情更浓烈,没有什么温暖比得上回家过年。

乙:是啊,作为漂泊在外的游子,越到过年,便越是想家。你看,那喧闹的车站,返乡的旅途,一个个归心似箭的身影,正是思乡情结最真切的表达。路再远,雪再大,一颗游子心,真的想回家。

(情景歌舞《真的想回家》)

丙:党的十九大报告向世界宣告,中国特色社会主义进入了新时代。新时代开启新征程,新时代焕发新气象。喜看今朝,在习近平新时代中国特色社会主义思想的指引下,一种前所未有的力量正在中国大地上蓬勃,一幅日新月异的画卷正在我们身边灿然展开。

丁:是啊,盘点 2017 年我们安阳的发展,更是每个安阳人看在眼里,喜在心间。拆除违建,环境整治,让安阳的蓝天更加湛蓝;道路拓宽,分流岛建设和新能源公交的投入运行,让市民的出行更加便捷;还有老城区供暖改造、绿地公园的筹建,以及比亚迪云轨项目的落户、精准扶贫、医药卫生体制改革等,一项项关乎民生的惠民清单,让安阳人民的生活充实着满满的幸福感。

丙:幸福来自人民对美好生活的向往,幸福来自不忘初心、牢记使命的时代担当。让我们撸起袖子,凝心聚力,向着更远的征程,向着更好的未来,大步朝前迈,筑梦新时代。

(歌伴舞《筑梦新时代》)

戊:星星跟着月亮走,葵花跟着太阳走,我们跟着共产党,走过风雨,走来一片新天地。回望昨天,我们拥有了当家做主站起来的底气,也收获了改革开放富起来的喜悦;今天,我们在中国梦的召唤下,昂首走进中国特色社会主义新时代,即将迎来强起来的伟大飞跃。

己:历史不会忘记,是你用坚定的信仰织就了神州大地最壮美的景色;人民永存感激,让我们谱写幸福的生活为你放歌,让我们汇聚心底的自豪向你诉说。

(女子群舞《我想对您说》)

甲:自古以来,春节就是中华民族最重要的传统佳节。每到春节,一家人围炉团圆、共叙亲情的时候,也是对家风传承最好的时刻。

乙:是啊,人们常说,家是最小国,国是千万家。良好的家风不仅是立家之本,也是构筑和谐社会的重要基石。

甲:"孝"字传家风,家和万事兴。一个传承孝和美德的家庭,就会常驻其乐融融的幸福笑容;一个弘扬孝和文化的国家,必将迎来欣欣向荣的美好憧憬。

(女声独唱《孝和中国》)

丙:冬去春来,和风送暖,我们又走进一个浪漫的春季。一年之计在于春。春是鸟鸣,美丽多情;春是生长,满载希冀。

丁:就让我们跟随春的脚步,去感受那草长莺飞、柳丝拂堤的春之恋曲,在春雨潇潇的诗情画意中,约会那花芽初绽、润物如酥的盎然生机。

(少儿舞蹈《春雨潇潇》)

戊：2017 年，随着影片《芳华》的热映，不知唤起了多少人对往昔岁月的青春印记。

己：有人说，青春是一场远行，在风雨磨砺中成长；有人说，青春是一季花开，在梦的阳光下绽放。

戊：是啊，青春的美，在于它的纯真无瑕；青春的珍贵，在于它的激情勃发。也许现在的你正值青春，也许你已从青春走过，不管怎样，都让我们带着青春的向往歌唱，在人生的舞台上舞出属于自己的快乐和精彩。

（时尚歌舞《青春快乐》）

甲：一年一度的新春佳节，家家户户除了贴春联、包饺子、放鞭炮、吃年夜饭，一家人还会围坐在电视机前观看春节联欢晚会。

乙：作为中国人的新年俗，春晚早已经成了我们欢度春节一道必不可少的文化大餐。像我们安阳春晚从 80 年代开办以来，已经陪伴安阳人走过了 30 多年。特别是近年来，安阳春晚还融入更多全新的设计理念，本着"开门办春晚"的原则，推出了一系列彰显安阳历史底蕴和时代新貌的衍生活动，具有强大的社会影响力和超高的收视率，已成为备受各界专注的年度公共文化事件。

甲：是啊，这其中最受人们喜爱的当数"我要上春晚"活动了，我们把镜头对准普通百姓，聚焦民间高手，为众多有才艺、有梦想的市民搭建起咱老百姓自己的舞台。这不，刚刚在后台，我就看见几张熟悉的面孔，他们等着盼着要参加"我要上春晚"呢！

乙：那还等什么，让我们掌声有请他们带来的爆笑方言喜剧小品《我要上春晚》。

（喜剧小品《我要上春晚》）

丙：一台春晚，一片笑声，让我们感受到中华大家庭的其乐融融，也让中华传统文化在我们心中温情流动。

丁：是啊，如果说中华传统文化当中，最能代表咱中国人精气神的，那一定就是中华武术。那一招一式，如行云流水，一拳一脚，尽显功夫本色。

丙：一起来欣赏少林武术《壮志雄心》。相信一定会给我们带来不一样的视觉震撼！

（少林武术《壮志雄心》）

戊：有一种精神，让我们感受阳光的温暖。

己：有一种力量，让我们鼓起前进的云帆。

戊：那是新时代的澎湃春潮，用斑斓的色彩和勃勃的生机感染着我们每个人，而每个人的奋斗与奉献也如春天般的浪漫，成为这个时代和中国画卷里最美丽的渲染。

己：这正是，风里飘香满春晨，春光尽染芳菲情。

（女子群舞《染》）

甲：刚刚在台下，我看到此刻我的朋友圈里好多朋友都晒出了与家人团聚的照片。那一幅幅温暖的画面，一个个幸福的瞬间，让我在分享他们快乐的同时，也陷入了深深的感动。

乙：也许是时光的飞转，也许是生活的忙碌，让我们渐渐疏远了对亲人的关爱，而正是这种疏远让我们越发觉得陪伴才是人生最珍贵的告白。

甲：是啊，世上最美好的情感莫过于血浓于水的骨肉亲情，人间最真实的幸福就是那惺惺相惜的挚爱情缘。

（男声独唱《挚爱亲人》）

丙：有一盏灯，闪亮在历史的天空，它是信仰的火种，从嘉兴南湖照到井冈山，从延安照到西柏坡，划破漫漫长夜，燃起燎原的火光。

丁：今天，这一盏灯，又闪耀在新时代的征程，带着梦想的光芒，辉映民心所向，它引领着中国复兴号巨轮一路追寻，乘风破浪，驶向明天的辉煌。

（歌伴舞《一盏灯》）

戊：透过灯火璀璨的门窗，我们看到一个幸福的中国。

己：走进青山绿水的画廊，我们看到一个美丽的中国。

戊：神舟飞天，蛟龙入海，天眼、太湖，一带一路，还有复兴号高铁飞速驰骋，港珠澳大桥主体贯通……我们每天都在惊叹祖国的日新月异。

己：中国创造，中国速度，中国方案，中国道路，一个个举世瞩目的成就，让世界的目光聚焦东方。看自信的中国，看圆梦的征程，旗帜飞扬，一路铿锵。

（戏曲《旗帜飞扬》）

甲：邀一缕春风，绽放岁月繁花。

乙：展一面旗帜，筑梦时代芳华。

甲：新的起点，心的出发，让我们的奋斗成为回应时代最有力的回答。

乙：梦想扬帆，气象万千，让前进的号角成为走向复兴最坚定的步伐。

（尾声《心的出发》）

甲：一个美好的时代在春风中欣欣向荣。

乙：一个幸福的时代在歌声中舒展笑容。

丙：约会春天，畅想春天，让小康阳光洒满万里山川。

丁：拥抱春天，造梦春天，看花开祥瑞装扮盛世家园。

戊：2018年是贯彻落实党的十九大精神的开局之年，是改革开放40周年，也是决胜全面建成小康社会、实施"十三五"规划承上启下的关键一年。新的一年开启新的希望，新的征程

主持词篇

承载新的辉煌。

己:让我们在市委、市政府的坚强领导下,以习近平新时代中国特色社会主义思想为引领,不忘初心,牢记使命,为实现安阳"一个重返、六个重大"目标任务,建设新时代区域性中心强市而努力奋斗!

甲:尊敬的各位领导、各位来宾,现场和电视机前的观众朋友们,造梦春天·2018年安阳市春节电视文艺晚会到这里就结束了!让我们共同携手,相约明年!

乙:朋友们,再见!

2018 年安阳市新年
交响音乐会主持词

时间:2017 年 12 月 29 日晚
地点:市群艺馆剧场
主持人:杨晓帆、谢龙

男:迎着新年的曙光,奏响新时代乐章。尊敬的各位领导、各位来宾,亲爱的观众朋友们,大家晚上好!这里是 2018 年安阳市新年交响音乐会的演出现场,欢迎各位的光临!

女:一年一度雪纷飞,一年一度开新岁。每年到了辞旧迎新的时刻,我们心中总会涌动无尽的感慨和留恋,当然也有太多对新年的祝福和期盼。说到 2017 年,让我们最难忘、最激动的莫过于党的十九大胜利召开。一次振奋人心的盛会,一个领航未来的号角,让我们感受到伟大祖国走进新时代的豪迈和人民实实在在的获得感,激起我们对美好生活的向往,也让我们对实现中国梦充满了信心。

男:今晚,安阳爱乐乐团和常青合唱团这两支安阳明星团队将联袂奏响 2018 年新年交响音乐会。作为我市音乐界为全市人民共庆新年到来而打造的一项音乐盛宴,已成功举办了5 年,不仅为安阳人民送去了新年祝福,也借音乐的魅力提升了安阳的文化品位。今晚,就让我们随音乐一同前往,去迎接 2018 年火红的春天,让幸福与小康交织,追求与梦想共鸣,唱响美好新时代。

男:首先,请大家欣赏的第一首乐曲,是由我国著名作曲家吕其明创作的经典管弦乐《红旗颂》。

(管弦乐曲《红旗颂》)

男：经典在音乐中传承，音乐在岁月中永恒。刚刚一曲流传半个多世纪的经典之作《红旗颂》，再一次唤起我们心中的历史记忆和理想憧憬。接下来，大家将欣赏到的是一首创作于70年代的管弦乐《北京喜讯到边寨》，它以充满激情的旋律，生动勾勒出边寨人民听闻喜讯后的狂欢场景。虽说年代不同，但那份喜悦却一样让人动容。

（管弦乐曲《北京喜讯到边寨》）

女：一片芦花，摇曳着一种浪漫；一曲《芦花》，唱出了一个心愿。接下来，让我们随着纷飞的芦花，一起迎接岁月轮回，共沐灿烂春晖。请欣赏歌曲《芦花》。

（女声独唱《芦花》）

男：星星跟着月亮走，葵花跟着太阳走，我们跟着共产党，走过了春，走过了秋，走进了美好新时代，走向中华民族的伟大复兴。请欣赏男声独唱《跟你走》。

（男声独唱《跟你走》）

女：如果说世界上有一种能跨越国籍、跨越时空的语言，那一定就是音乐。当互不相识、语言不通的人们坐在一起欣赏音乐时，他们能听懂音乐中的喜怒哀乐，能为音乐一起欢欣、一起悲泣、一起激动、共同勉励。这就是音乐的魅力。接下来，请大家欣赏的是电影《愤怒的小鸟》中一段音乐，相信也一定会被它那诙谐而富有喜感的音乐所感染。

（管弦乐曲《愤怒的小鸟》选曲）

男：从黑暗中走来，我们当家做主站起来，心中有太多的感动；从春风中走来，我们改革开放富起来，心中有太多的喜悦。今天，我们走进新时代，向着中国梦进发，心中又涌动太多的自豪。让我们把心中所有的情感,汇成一句话,汇成一首歌,向你深情诉说,为你永远放歌。请欣赏歌曲《多想对你说》。

(女声独唱《多想对你说》)

女:红旗渠,一条生命之渠,它灌溉沃野,润泽心灵;红旗渠,一条精神之渠,它生生不息,活力永续。岁月荏苒,星移斗转。当年那铁锤钢钎的交响和隆隆的开山炮声,早已淹没在历史深处,但先辈们高亢的呐喊,仍在太行山谷回响。接下来,让我们通过交响序曲《红旗渠》,再度回望那难忘的岁月。

(交响序曲《红旗渠》)

男:从南湖红船到八一枪声,从井冈山号角到长征壮歌,从抗日烽火到建国大业,从改革春风到小康蓝图,一面鲜红的党旗,一串红色的足迹,凝铸成永恒的历史画卷,任风雨飘摇,岁月沧桑,永远不变的是共产党人那坚贞不渝的信仰和百折不挠的追寻。请欣赏合唱《追寻》。

(混声合唱《追寻》)

女:淳厚的乡音,是源远流长的文化根脉,是魂牵梦绕的故土情怀。当熟悉亲切的乡音遇上节奏明快的音乐,会是怎样的感受?接下来,请欣赏根据安阳民歌改编、用安阳方言演唱的无伴奏合唱《数瓜》。

(无伴奏合唱《数瓜》)

男:一首歌曲,一个故事,一段岁月,一段回忆。创作于70年代的经典老歌《我爱五指山,我爱万泉河》唱遍了大江南北,那优美深情的歌声,表达了人民战士对乡土的无限热爱,更寄托了我们对革命先辈的怀念和崇敬。

(男声独唱《我爱五指山,我爱万泉河》)

女:走在小康路上,每一天都是精彩的画卷;沐浴小康阳光,每张笑脸都是春天的彩霞。小康生活幸福多,汇成一曲欢乐的歌。请欣赏由我国著名作曲家傅庚辰先生创作的管弦乐《欢庆舞曲》。

(管弦乐曲《欢庆舞曲》)

男:党的十九大指出中国特色社会主义进入了新时代,标定了中国发展新的历史方位,也吹响了向新目标奋进的铿锵号角。新时代,新气象,江山如画,前程宽广。让我们撸起袖子加油干,不负美好新时代。请欣赏一首新创作歌曲《咱们走进新时代》。

(女声独唱《咱们走进新时代》)

女:放眼新时代,我们惊叹祖国的日新月异,神舟飞天,蛟龙入海、天眼、太湖、一带一路……中国创造,中国力量,中国速度,一个个瞩目的成就正让中国走向世界舞台的中央。我们为祖国的强大欢呼喝彩,我们为祖国的繁荣怦然心动,我们要从心底大声呼喊:"厉害了,我的国!"接下来,让我们在由著名作曲家刘文金改编的《我的祖国》的歌声中,共同祝愿我们的祖国繁花似锦,国运永昌!

(管弦乐曲《我的祖国》)

男:弦乐飞扬,演不够花好月圆盛世景;歌声嘹亮,唱不尽青山绿水好春光。请欣赏管弦乐《花好月圆》。

(管弦乐曲《花好月圆》)

男:迎着新年的钟声,我们开启新征程。

女:带着美好的向往,我们筑梦新时代。尊敬的各位领导、各位来宾,亲爱的观众朋友们,2018年新年交响音乐会到这里就全部结束了。

男：让我们在市委、市政府的正确领导下，高举新时代中国特色社会主义伟大旗帜，深入学习贯彻党的十九大精神，为决胜全面建成小康社会，实现中华民族伟大复兴中国梦而努力奋斗！朋友们，明年再见！

主
持
词
篇

"岁月常青"庆祝中国共产党成立 97 周年暨常青合唱团建团 20 年合唱音乐会主持词

时间:2018 年 6 月 29 日
地点:市群艺馆剧场
主持人:杨晓帆、谢龙

男:尊敬的各位领导、各位嘉宾,亲爱的观众朋友们,大家下午好! 聆听岁月足音,唱响时代新曲。今天,在隆重庆祝中国共产党成立 97 周年之际,我们欢聚一堂,在这里举办"岁月常青"庆祝中国共产党成立 97 周年暨常青合唱团建团 20 年合唱音乐会,欢迎各位的光临!

女:岁月谱写着歌曲,歌声凝聚着岁月。今天,让我们将岁月融入歌声,在一段段难忘的旋律中一同回顾中国共产党成立 97 年来的光辉历程,一同回味常青合唱团 20 载踏歌而来的光荣与感动。

男:常青合唱团从 1998 年成立到今天已走过整整 20 年的光阴。20 年前,一群怀着对合唱艺术无限挚爱与不懈追求的人们,聚在一起,成立了安阳历史上第一支混声合唱团。从那时起,常青便成了我们共同的心灵家园,我们的生活也因为有了常青歌声的陪伴而变得五彩斑斓。

女:20 年来,常青合唱团已从一棵小小的合唱幼苗,长成了群众文艺百花园里一道绚丽的风景,也许团里的老师们已不再年轻,也许他们的声音也不像从前那样动听,但他们一起唱过的岁月、一路走来的欢乐,都将汇成每个常青人心中最难忘的记忆。

男:让我们通过一段视频,重温常青从昨天到今天,从含苞
到绽放的如歌岁月。

(《常青飞歌20年》MV)

女:20年相伴,因合唱结缘;20年辉煌,让岁月常青。今晚,
让我们用合唱的名义,为常青20岁生日衷心祝福,让我们用合
唱音乐会的形式为伟大的中国共产党高歌礼赞!请欣赏一组
混声合唱。先请听《天耀中华》。

(混声合唱《天耀中华》)

女:天耀中华,盛世花开。今天的中国正昂首走进中国特
色社会主义新时代。历史不会忘记,是中国共产党前赴后继的
探索与奋斗,让中华民族在争取民族独立与复兴的道路上一次
次迎来胜利的曙光。97年的成功经验告诉我们,只有与老百姓
心连心,我们的党才能坚如磐石,因为老百姓永远是共产党生
命的源泉。

(混声合唱《天下乡亲》)

男:天下乡亲,亲如爹娘。每次听到这首歌,总会抑制不住
感动的泪水。一首歌曲可以是一份情感的表达,而一份情感的
真挚则源于我们内心那种不曾改变的梦想和追求。接下来,让
我们欣赏一首无伴奏小合唱《父亲的草原母亲的河》。

(无伴奏小合唱《父亲的草原母亲的河》)

男:常青合唱团的成立,让不少怀有歌唱梦想的中老年朋
友找到了愉悦心灵、丰富生活、展示风采的良好平台,团员们在
张百顺、谢艳玲两位团长耐心、公益辅导下,一遍遍地学,一遍
遍地唱,在感受合唱艺术魅力的同时,追忆了青春的美好,也体
验了生命的精彩。20年真情相依,20年不离不弃,那是因为我

们心中都有一个美丽的常青梦。请欣赏女声小合唱《美丽的梦神》。

（女声小合唱《美丽的梦神》）

女：常青合唱团的成长得益于社会各界领导的大力支持，更得益于两位团长的无私奉献。曾经有人问两位团长：你们两位在音乐艺术上有着丰富的知识和宝贵的经验，何不办一所音乐学校，收学生挣钱呢？两位团长说，我们热爱合唱艺术，如果能通过常青合唱团的发展带动全市合唱水平提高，那才是无价的收入，是更有意义的事情。

男：是啊，两位老师就是这样无怨无悔坚持带团20年不收取任何报酬，从艺术上和精神上感染着常青每一个人。像我们的谢艳玲老师，8年前查出身患重症，然而当得知常青合唱团要赴省参加合唱比赛时，她忍着放疗、化疗的剧痛毅然赶到排练现场进行辅导，那一刻，全团团员含着眼泪用热烈的掌声，对谢老师表达了敬仰之情。

女：宝剑锋从磨砺出，梅花香自苦寒来。20年间，常青合唱团凭着对合唱艺术的无限热爱和不懈追求，排演了中外优秀合唱名曲150多首，成功举办了《相约新世纪》《在灿烂阳光下》《黄河大合唱》《常青飞歌》《弦歌飞扬》《中国梦·常青颂》等数十场合唱音乐会和新年音乐会，多次开展"群艺歌声送基层"活动，成为我市群众文艺舞台上一支成立时间最早、参加团员最多、演唱作品最广、获奖成绩最佳的一支群众合唱队伍。

男：建团20年以来，常青歌声从安阳唱到了全省，唱到了全国，捧回了一项项令人欣喜的殊荣：2002年在第四届"永远的辉煌"全国中老年合唱大赛中首获铜奖；2013年在中国合唱协会、国际文化艺术研究会主办的第四届"激情梦想·草原之夜"中老年合唱大赛中一举夺冠，团长指挥张百顺荣获最佳指挥奖；此外还参加省级各类合唱比赛蝉联金奖七个、银奖两个；2016年，常青合唱团被授予"安阳市十佳明星团队"的荣誉称号。

女：接下来，请大家欣赏一组具有不同地域风情的无伴奏合唱。无伴奏合唱是合唱领域中演唱难度较大的一种表现形式，它对音准、节奏及声部之间的默契都有很高的要求。请听由我国安阳籍著名作曲家刘文金先生根据陕北民歌改编的无伴奏合唱《赶牲灵》。今年恰好是刘文金先生逝世5周年，让我们通过这首合唱表达对他的缅怀。

（无伴奏合唱《赶牲灵》）

女：通过无伴奏合唱丰满的音响和丰富的表现力，我们仿佛已随着《赶牲灵》的歌声置身陕北高原。这就是合唱的魅力，它不仅能让歌者的思想都在歌声中自由翱翔，也能给听者带来身临其境的感觉。再请欣赏根据内蒙古民歌改编的合唱《鸿雁》。

（无伴奏合唱《鸿雁》）

女：我们常说，一方水土养一方人，其实一方水土也滋养一方的音乐文化。接下来，大家将听到的这首安阳民歌是由谢艳玲收集、傅金玉整理改编并用安阳方言演唱的无伴奏合唱《数瓜》。该作品曾荣获全国"群星奖"比赛铜奖。

（无伴奏合唱《数瓜》）

男：法国著名作家梭罗曾说过："一个人如果失去了精神家园，就算得到了整个世界又有何用？"的确，通过长期练习合唱，不仅可以愉悦身心，还能结识许多朋友，更能有助于延缓衰老，让我们始终拥有一颗年轻的心。按照以往的惯例，接下来，我们为常青合唱团几位高龄老人献花。

女：虽说他们已是鬓发斑白，步履蹒跚，但他们积极生活的热情和刻苦学习的心态永远值得我们学习。歌声饱含着真情，鲜花代表着祝福，让我们再次祝愿台上的老师们和所有常青人的健康长寿,永远快乐,像苍翠的松柏那样越活越精神!

(献花)

男:抹去历史的烟云,一位位革命先烈串联起一个个载着硝烟的战斗故事,而一个个故事又诉说着一段段撼人心魄的红色历史。回想70多年前的战争年代,以"红嫂"为代表的沂蒙人民,用乳汁和小米粥哺育革命,用小推车推动历史,唱响了一曲抵御外侮和争取解放的悲壮之歌。听,那沂蒙山革命老区至今还回荡着红嫂深情而悠扬的歌声。请欣赏女声小合唱舞剧《沂蒙颂》中的插曲《愿亲人早日养好伤》。

(女声小合唱《愿亲人早日养好伤》)

男:常青20年,是常青合唱团演唱水准日臻完善、艺术素养日渐提升的过程,也是引领我市全民艺术普及、带动群众文艺事业不断蓬勃发展的历程。近几年来,我市相继涌现出许多群众业余文艺团体,丰富着我们的文艺舞台。请欣赏女声小合唱《女兵电话》。

(女声小合唱《女兵电话》)

女:97年星移斗转,97载沧海桑田。党旗下的誓言是理想不灭的种子,是共产党人永远遵循的行动指南。请欣赏男声小合唱《深海》。

(男声小合唱《深海》)

女:有一种跋涉刻骨铭心,它冲破了阴霾封锁,卷起漫天风云;有一种精神贯穿时空,它催生了雨后春笋,启航万里江轮。长征,崇山峻岭中昂首的巨龙,中华大地上凝聚的国魂,长征没有终点,时代永远前进!请欣赏混声合唱《忆秦娥·娄山关》。

(混声合唱《忆秦娥·娄山关》)

女：从南湖红船到八一枪声，从井冈山号角到长征壮歌，从抗日烽火到建国大业，从改革春风到小康蓝图，一面鲜红的党旗，一串红色的足迹，凝铸成永恒的历史画卷，任风雨飘摇，岁月沧桑，永远不变的是共产党人那坚贞不渝的信仰和追寻。请欣赏根据电影《建国大业》主题曲改编的合唱《追寻》。

（混声合唱《追寻》）

男：我爱常青，常青是我的家。

女：我爱常青，常青是我的梦。

男：相识于常青，有说不完的情深意长。

女：放歌于常青，有唱不尽的时代辉煌。

男：请欣赏由常青合唱团团长张百顺作词、作曲的团歌《我爱常青》。

（团歌《我爱常青》）

男：一首歌，一片情，一段时光，一份感动。今天，我们在歌声中为中国共产党成立97周年深情礼赞，我们在欢乐中为常青合唱团建团20年真情祝福。

女：在这美好的时刻，让祝福的歌声飞出心田，让生日的蜡烛照亮梦想。

（齐唱《生日歌》）

男：中国共产党是我们幸福生活的缔造者，美好新时代是我们永远高唱的主旋律。让我们把心底的爱汇成音符、谱成合唱，为实现中华民族伟大复兴的中国梦咏唱激情华彩的乐章！

女：观众朋友们，"岁月常青"庆祝中国共产党成立97周年暨常青合唱团建团20年合唱音乐会到这里就结束了。再次感谢各位领导和朋友们的光临！再见！

庆祝改革开放 40 周年暨 2019 年安阳市新年音乐会（声乐专场）主持词

时间：2018 年 12 月 27 日晚

地点：中原宾馆安阳大会堂

主持人：李智博、宋芳

甲：尊敬的各位领导，

乙：亲爱的观众朋友们，大家——

合：晚上好！这里是庆祝改革开放 40 周年暨 2019 安阳市新年音乐会（声乐专场）演出的现场。

甲：时光匆匆，岁月如流，又到了辞旧迎新的时候。今天我们的新年音乐会邀请到我市近年来在国内外声乐比赛中获奖的青年歌唱家和优秀声乐教师，他们将用歌声与大家共度一个美好的音乐之夜。

乙：从 1978 到 2018 年，中国的改革开放走过 40 年的光阴。回首 40 年的变化，翻天覆地，举世瞩目。盘点 40 年的记忆，温馨如昨，幸福满满。

甲：是啊，历史告诉我们，没有改革开放，就没有今天的伟大成就，没有中国共产党的正确领导，就没有今天的幸福生活。知恩于心，感恩于行，就让我们把这份感恩，化作美妙的歌声，唱出我们心中最崇高的敬意。

乙：首先，请欣赏合唱《葡萄园夜曲》。这首作品描述了宁静祥和的夜晚，月光明媚，微风吹拂，葡萄园里树叶轻轻晃动、果实累累的美好景象。

（合唱《葡萄园夜曲》）

甲:祖国的山,祖国的水,山山水水尽芳菲;心中的情,心中的爱,歌唱祖国无限美。请欣赏歌曲《祖国万岁》,让我们借这首歌曲,祝福我们伟大的祖国鹏程万里,繁荣昌盛。

(男中音独唱《祖国万岁》)

乙:迎着和煦的春光,我们走在改革开放的路上;跟着梦想的召唤,我们走在民族复兴的路上。奋斗在路上,我们与新时代携手前往;希望在路上,我们心向未来,豪情万丈。接下来,就让我们在一曲女声二重唱《圆梦路上》的歌声中,一起抒发我们的共同心愿和美好向往。

(女声二重唱《圆梦路上》)

甲:有一群人,不是兄弟胜似兄弟;有一段情,如同手足不分你我。这群人就是战友,这段情就是兄弟情。战友情,兄弟情,比山高,比海深,绿色军营共成长,挥洒青春梦绽放!

(男声二重唱《真像一对亲兄弟》)

乙:黄河,我们的母亲河,她是一条源远流长的河,她是一条滋润心田的河。古往今来,她见证了中华民族五千年的悠久历史和灿烂辉煌。请欣赏女声独唱《母亲河》。

(女高音独唱《母亲河》)

甲:《山楂树》是苏联一首经典的爱情歌曲,歌曲描绘了年轻的心、火热的生活和真挚的爱情。请欣赏女声三重唱《山楂树》。

(女声三重唱《山楂树》)

甲:请欣赏苏联卫国战争时期的一首著名的经典歌曲《小路》。这首歌曲描写了年轻的姑娘追随心上人,一起上战场抗击敌人的场景,表达了苏联军民同仇敌忾打击侵略者的决心和忠贞不渝的爱情。全曲旋律优美深情,歌声中透着坚强和勇敢,带给人们一种美好的向往。

（女中音独唱《小路》）

乙:请欣赏歌曲《两地曲》,这首作品的歌词朴实而富有诗意,旋律由深情悠远逐渐升华为激情奔放,表达了对亲人、对爱人、对朋友那种真挚的思念之情。

（男高音独唱《两地曲》）

甲:唱一首相思歌,饮一杯相思酒,让相思的青藤缠绕在心头,莫道相思多哀愁,相思也是人生的享受。请欣赏原创歌曲《相思也是人生的享受》。

（女中音独唱《相思也是人生的享受》）

乙:接下来,大家将欣赏到的这首歌曲是一首我们耳熟能详的作品《少林少林》,它是电影《少林寺》当中的插曲,由著名作曲家王立平创作。时隔30多年,那不屈不挠的中国功夫和男儿铿锵有力的声音,至今仍让我们热血沸腾。

（男声小合唱《少林少林》）

甲:"正月阳雀飞上崖,三月桃花心中开,哥哥扛枪上战场,妹妹在屋里做双鞋。一针一线随你行,千辛万苦脚下踩……"这是歌剧《长征》中的一首主题曲《三月桃花心中开》。歌曲富有江西地域特色,情感真挚,优美动听,表现了革命根据地的百姓对红军战士深厚的感情。

（女高音独唱《三月桃花心中开》）

乙:总有那么一首歌,唱在岁月的长河里;总有那么一段情,留在人们的记忆里。电影《冰山上的来客》中有一首主题曲《怀念战友》，是著名作曲家雷振邦的代表作之一。歌曲具有浓郁的新疆特色，旋律婉转动听，饱含深情，深受广大群众的欢迎，历经近半个世纪依然传唱不衰。

（男高音独唱《怀念战友》）

甲："天上星光多灿烂，地上一阵阵花香，花园门轻轻推开，爱人走了进来。啊！美梦如此清晰，我无比热爱生命。"这是意大利作曲家普契尼的歌剧《托斯卡》中男主人公咏唱的一首咏叹调《星光灿烂》，也是一首极其经典的艺术作品，此唱段经常出现在各类音乐会上，旋律优美，久演不衰，深受大众的喜爱。

（男高音独唱《星光灿烂》）

乙：接下来，我们将欣赏到的是歌剧《唐卡洛》中罗德里戈的一首男中音咏叹调《卡洛，请听我说》。作曲家威尔第用极具个性的音乐旋律和声乐色彩的多变性，成功地塑造了罗德里戈这个具有多重性格的人物，展现了他为拯救法兰德尔人民赴汤蹈火、无所畏惧的英雄形象。

（男中音独唱《卡洛，请听我说》）

甲：请欣赏由法国作曲家古诺改编的歌剧《罗密欧与朱丽叶》中的咏叹调《我要生活在梦幻里》。这是为朱丽叶在舞会前的特定场景下创作的一首圆舞曲。旋律中有丰富的颤音和花腔，音乐细致的心理描写和欢快的旋律，预示着爱情的即将来临。

（女高音独唱《我要生活在梦幻里》）

乙：今天，当我们站在改革开放40周年的节点上，顺着时间的坐标一路看来，总有说不完的变化与感动。改革开放40年来，祖国强大了，人民生活更加幸福，我们的家乡安阳也变得越来越美了，这片美丽、神奇而充满活力的土地更加令人向往。

（结束曲《多么神奇美丽的安阳》）

甲：唱响时代金曲，致敬改革开放。40年来，我们跟着改革开放的春风，从开启新时期到跨入新世纪，从站上新起点到进入新时代。

乙：美好的前景正在展现，前进的歌声更加豪迈。让我们更加紧密地团结在以习近平同志为核心的党中央周围，高举中国特色社会主义伟大旗帜，不忘初心，牢记使命，持续深入推进改革开放，为实现"两个一百年"奋斗目标，实现中华民族伟大复兴的中国梦而不懈奋斗。

甲：尊敬的各位领导、各位嘉宾，亲爱的观众朋友们，庆祝改革开放40周年暨2019年安阳市新年音乐会（声乐专场）到这里就结束了。再次感谢您的光临！朋友们，再见！

庆祝改革开放 40 周年暨 2019 年安阳市新年音乐会（交响乐专场）主持词

时间：2018 年 12 月 26 日晚
地点：市群艺馆剧场
主持人：杨晓帆、谢龙

男：尊敬的各位领导、各位嘉宾，亲爱的观众朋友们，大家——

合：晚上好！

女：这里是庆祝改革开放 40 周年暨 2019 年安阳市新年音乐会（交响乐专场）演出的现场，欢迎各位的光临！

男：一路歌声，一路豪迈，我们乘着新时代的春风走来。

女：不忘初心，梦想盛开，我们又一次相会在春天的舞台。

男：回首 40 年前那个不同寻常的冬天，党的十一届三中全会的胜利召开揭开了改革开放的序幕。40 年来，中国大地上发生了翻天覆地的巨变，人民生活不断改善，经济社会不断发展，中华民族不断崛起。

女：40 年后的今天，我们伟大的祖国迎来了从站起来、富起来到强起来的伟大飞跃。这一刻，我们心中溢满了太多的自豪和喜悦，这一刻，我们眼中看到的是璀璨的灯火和幸福的微笑。

男：美好新时代放飞美好的心情，而美好的心情需要用美好的音乐来表达。在这喜迎新年到来的时刻，我们为大家献上一台新年音乐会交响乐专场。

女：让我们再次与音乐结伴而行，用灵动的音符，用激昂的

旋律,抒发我们对伟大的祖国、伟大的党无限的深情,礼赞改革开放的波澜壮阔,礼赞我们的新时代。

男:首先,请欣赏管弦乐曲《春节序曲》。

(管弦乐曲《春节序曲》)

男:走进新时代,不忘来时路,曾经的过往必将化作我们前行的动力。就像那一曲曲回荡在历史长河中久唱不衰的经典旋律,会在我们心中留下不可抹去的印记。接下来,请欣赏舞剧《白毛女》当中的几段音乐,让我们一同回味那难以忘怀的如歌岁月。

(舞剧《白毛女》音乐选曲)

女:改革开放让中国的大门敞开,也让这片古老的土地迎来新鲜的气息。我们的文化在走出国门的同时,其他国家的文化也向我们走来。诞生于 20 世纪 80 年代的日本动画片《天空之城》一度受到人们的喜爱,而其中的同名主题曲以纯净愉悦的童谣曲风,让人们感受到音乐所蕴含的无穷魅力。接下来,让我们一起来欣赏这首《天空之城》。

(管弦乐曲《天空之城》)

男:抚今追昔,有无数革命先烈为了祖国的解放和人民的幸福,牺牲在硝烟弥漫的战场,用青春和鲜血换来今天的美好时光。当然,这其中也有不少女性,她们坚韧不拔、不屈不挠的优秀品质就像一道绚丽的光芒,让我们久久难忘。请欣赏原创歌曲《值得我爱的你》。

(女声独唱《值得我爱的你》)

女:提起《难忘今宵》《绒花》等歌曲,你一定不会感到陌生。一首首耳熟能详的作品早已融入了我们的血脉,融入了一个时代的记忆。然而,这些歌曲均出自一人之手,那就是我们著名作曲家王酩先生。王酩先生一生创作了大量的音乐作品，尤其在改革开放初期为中国流行音乐的发展做出了积极的探索。有人说王酩是为音乐而生，为旋律而生，他用音乐的甘霖给干涸的泥土带来滋养，时至今日，依然像春风一样温暖我的心田。请欣赏木管、弦乐小合奏《王酩印象》。

（木管、弦乐小合奏《王酩印象》）

女：古往今来，但凡一切美好的事物都少不了文人墨客的挥毫入画、诗歌吟咏，像歌颂荷花的"接天莲叶无穷碧，映日荷花别样红""小荷才露尖尖角，早有蜻蜓立上头"等。今天，让我们带着这份诗意，来听一曲温婉优雅的《荷花颂》。

（木管、弦乐小合奏《荷花颂》）

男：一曲《荷花颂》，十里飘馨香。随着悠扬的音乐，我们仿佛走进了如诗如画的江南水乡。请欣赏两首混声合唱，先请听《美丽的草原我的家》，让我们跟着歌声一起飞到那一望无际的草原。

（混声合唱《美丽的草原我的家》）

男：树高千尺，忘不了泥土的滋养，鱼水深情，忘不了乡亲的哺育。《天下乡亲》这首歌曲选自大型声乐套曲《西柏坡组歌》，歌曲通过对革命老区现状的反思和回忆，唱出了人民的呼声和期盼，也唱出了党对人民的无限深情。特别是该作品带有浓郁的河北戏曲音乐风格，让作品既耳目一新，又深深地打动人心。让我们一起来欣赏。

（混声合唱《天下乡亲》）

女：接下来，我们将欣赏到的两首作品选自著名作曲家鲍元恺创作的管弦乐组曲《炎黄风情》。这部《炎黄风情》是鲍元恺以中国传统的民间音乐为素材创作的一部民歌主题的管弦

乐曲,根据不同的地域划分为 6 个系列共 24 首,有我们都很熟悉的《茉莉花》《小河淌水》等作品,每首作品就像一幅充满浓郁民间特色的风情画,既独立成章,又珠联璧合。《炎黄风情》曾荣获首届中国音乐"金钟奖",也是全球上演率最高的中国管弦乐作品。好,先请欣赏《走绛州》。

(管弦乐曲《炎黄风情》选曲之《走绛州》)

女:如果说民族民间音乐是一座金矿,那么鲍元恺先生就是把金矿提炼加工成金首饰的人。的确,《炎黄风情》这部管弦乐组曲在艺术创作上有着非常考究的价值,它并非简单的乐器编配,而是中国传统民歌音乐与西洋外来音乐形式相结合的一个全新的艺术作品。再请听《太阳出来喜洋洋》。

(管弦乐曲《炎黄风情》选曲之《太阳出来喜洋洋》)

男:有一首歌,唱出了党对藏族同胞的关怀;有一条路,连接着我们共同的梦想和幸福。那是一条神奇的天路,那是一个美丽的传奇。请欣赏男声独唱《天路》。

(男声独唱《天路》)

女:人们常说,音乐无国界。因为它无须用语言来解释,只要融入音乐中,自然会并发出心灵的情感语言。接下来,让我们再来欣赏管乐合奏《马刀舞曲》。这首作品是舞剧《加雅涅》中的一支舞曲,表现了库尔特族出征前庄重而热烈的场面。

(管乐合奏《马刀舞曲》)

男:中华五千年的悠久历史,孕育了底蕴深厚的民族文化。而源远流长的经典诗文,是中华民族经久不衰的艺术瑰宝。《沁园春·雪》是毛泽东于 1936 年 2 月创作的一首词,气势恢宏,感情奔放,抒发了作者伟大的抱负和对祖国壮丽山河的热爱。今年是毛泽东同志逝世 42 周年,让我们在《沁园春·

雪》的歌声中表达对他的深切缅怀。

（女声独唱《沁园春·雪》）

女:芭蕾舞剧《红色娘子军》是一部家喻户晓的红色经典剧目,它将西方芭蕾的技巧与中国民族舞蹈的表现手法相结合,创造出了民族芭蕾艺术精品。50多年来,其中音乐仍然经久不衰,深入人心。让我们一起来欣赏剧中的几段音乐。

（管弦乐曲《舞剧红色娘子军音乐选曲》）

男:走在新时代的春天,让我们用音乐奏响心中的向往,舞一片繁花似锦、明媚春光。

女:走在通往幸福的路上,让我们把心中的祝福唱出来,唱一曲花好月圆、国泰民安。最后,为大家献上一曲管弦乐曲《花好月圆》,祝愿朋友们生活美满,幸福平安。

（管弦乐曲《花好月圆》）

男:弦歌回响,梦想飞扬。伴随着《花好月圆》的旋律,庆祝改革开放40周年暨2019年安阳市新年音乐会(交响乐专场)就要结束了!

女:蓝图已绘就,号角已吹响。让我们更加紧密地团结在以习近平同志为核心的党中央周围,在习近平新时代中国特色社会主义思想指引下,不忘初心,牢记使命,为决胜全面建成小康社会、夺取新时代中国特色社会主义伟大胜利、实现中华民族伟大复兴的中国梦不懈奋斗!

男:朋友们,再见!

主持词篇

2019年"中国梦·劳动美"千场演出送基层龙安区专场展演主持词

时间：2019年8月9日
地点：市职工文体中心
主持人：王震、孟祥青

（开场歌舞《时代号子》）

男：唱响中国梦，劳动最光荣。尊敬的各位领导、各位来宾，亲爱的观众朋友们，大家晚上好！

女：这里是2019"中国梦·劳动美"千场演出送基层龙安区专场展演的现场。欢迎各位的光临。一曲铿锵有力的《时代号子》，唱出了新时代的蓬勃生机，让我们感受到中国步伐雷霆般的千钧力量。

男：伟大的时代因梦想而精彩，美丽的梦想因劳动而盛开。今年是新中国成立70周年，站在这个时间节点抚今追昔，我们更加深刻地认识到劳动的意义、奋斗的价值。70年来，我们取得的成就、创造的奇迹，都是中国人民撸起袖子干出来的。

女：新时代是奋斗者的时代，更是追梦人的舞台。2019年，龙安区在市委、市政府和上级工会的正确领导下，始终坚持以习近平新时代中国特色社会主义思想为指导，认真贯彻党的十九大和中国工会十七大精神，全区干部职工紧紧围绕"发展有我·项目决战年"工作主题，以项目建设和招商引资抓发展，以党的建设稳发展，以社会稳定和谐促发展，以改善民生享发展，书写了新时代龙安发展的崭新篇章。

男：今晚，让我们以劳动的名义，为梦想代言，致敬劳模精神和工匠精神，凝聚奋斗伟力，共同唱响劳动最光荣、劳动最崇高、劳动最伟大、劳动最美丽的新时代劳动之歌。

女:让劳动成为一种美德,一种风尚,需要我们全社会一起行动起来,更需要从小培养孩子们热爱劳动的习惯。听,孩子们快乐的劳动歌声已经唱响。

(歌曲联唱《劳动最光荣》《你笑起来真好看》《拍手歌》)

女:龙安区从2003年正式成立到今天,已走过了16年光阴。回首16年的探索之旅、崛起之路,留下了龙安区人民无数辛勤的汗水和不息的奋斗。放眼今天的龙安,正用产业兴旺、生态宜居、环境整洁、文明和谐的亮丽新姿,向着未来展翅飞翔。请欣赏原创诗朗诵《腾飞,龙安》。

(诗朗诵《腾飞,龙安》)

男:近年来,随着脱贫攻坚工作的深入开展,龙安区贫困村群众生产生活、村容村貌正日益改善,他们结合本村的实际,书写着乡村振兴的动人故事。龙安区王二岗村有个村民叫王运宝,他从小家境贫困,那些以红薯叶、红薯片、红薯干组成的"红薯饭"充饥的日子,成了他难以忘怀的记忆。如今,他成立了红薯种植基地,每年都向村里的贫困户免费发放2万余棵红薯苗,并进行红薯高价回收,带领乡亲们一起脱贫致富,圆了小康梦想。

女:为了今天这场"中国梦·劳动美"晚会,我们专程组织词曲作者多次深入马投涧镇王二岗村,到王运保家中进行采访,根据这个真实的故事创作了歌曲《红薯的故事》。让我们一起来欣赏。

(原创歌曲《红薯的故事》)

女:"一分耕耘,一分收获",道出了劳动的真谛,也诠释了奋斗的意义。劳动,是文明的源头、进步的动力。不论你是谁,不管做什么事,只有付出努力,付诸辛劳,梦想才会照进现实,生活才会洒满幸福阳光。

（情景歌曲《幸福阳光》）

男：爱心是无声的语言，真情是永恒的话题。家庭有爱，幸福祥和；人间有情，温暖如春。请欣赏小品《情缘》。

（小品《情缘》）

女：新中国成立70年来，我们见证了祖国的日新月异、飞速发展。历史证明，所有成就的取得离不开无数先辈们的努力奋斗，他们把青春奉献给祖国，不仅实现了祖国的伟大发展，也成就了自己的理想人生。作为新时代的我们，要发扬先辈们努力奋斗的精神，为祖国建设添砖加瓦，为实现人生价值奋力拼搏。生命不止，奋斗不止，因为我们都是新时代的建设者。请欣赏舞蹈《建设者》。

（舞蹈《建设者》）

男：近年来，生活在龙安区的人们，都会有这样的感受，那就是如今的家乡变得越来越美。访一访厚重的历史文化，游一游花香满径的湿地公园，还有那碧波荡漾的水库，瓜果飘香的农家小院……美丽的龙安，让人向往，让人陶醉，更让人不禁会唱起那首《花香龙安我的家》。

（歌舞《花香龙安我的家》）

女：说起龙安区的旅游景点，不得不介绍一下小南海石窟，因位于龙安区善应镇小南海北滨，被称为小南海石窟，并于2001年被国务院公布为第五批全国重点文物保护单位。

男：小南海石窟现存三窟，造像精美，风格古雅。其中中窟还刻有6个腾空飞舞的飞天，其体态轻盈，姿势优美。我们的文艺工作者以此创作出了舞蹈《飞天》，今天也将登上我们的舞台，让我们一饱眼福。

（舞蹈《飞天》）

男:一方水土一方人,一缕乡音醉在心。说到这乡音,一定离不开咱们的家乡戏——豫剧。它历史悠久,源远流长,豁达宽厚,韵味十足,听起来更加格外亲切。

(豫剧表演)

女:从1949年天安门广场上升起的第一面五星红旗到今天,我们和新中国一起成长,一路前往,走过了沧桑,也创造了辉煌。

男:当新中国刻下又一个年轮,美丽的中国梦已在我们的手中铺开崭新的画卷。让我们在奋斗中弘扬一种精神,在劳动中坚守一份信仰。

女:梦想的花朵,需要汗水浇灌。

男:幸福的生活,要用双手创造。

女:让我们砥砺奋进,用梦想引领新航程。

男:让我们拼搏实干,用劳动托起中国梦。

(歌舞《劳动托起中国梦》)

男:热爱祖国,是我们心中永恒的颂歌;歌唱祖国,是我们对祖国深情的诉说。让我们用真挚的心声为祖国歌唱,齐声唱响《歌唱祖国》。

(歌曲《歌唱祖国》)

女:尊敬的各位领导、各位来宾,亲爱的观众朋友们,2019年"中国梦·劳动美"千场演出送基层龙安区专场展演到这里就全部结束了。让我们在以习近平同志为核心的党中央坚强领导下,万众一心,不懈奋斗。

男:用诚实劳动唱响更加嘹亮的新时代劳动者之歌,共同迎接中华人民共和国70华诞的到来。再次感谢各位的光临!朋友们,再见!

安阳市庆祝新中国成立
70周年大型文艺晚会主持词

时间:2019年9月26日
地点:市职工文体中心
主持人:粟克、张淑飞、王震、贺一纯、孟祥青、马源东

序《我的祖国》

甲:拨开岁月烟云,回望历史深处。朋友,你是否还记得70年前天安门广场上那个万众瞩目的金秋?

乙:沿着记忆穿行,聆听大地回声。朋友,你是否听到了70年来中国大地上那一往无前的追梦足音?

丙:70年风雨征程,70年流彩飞虹。当我们细数新中国从诞生到成长、从艰辛到辉煌的每一段历程,谁都会说这70年就是一部感天动地的奋斗史诗。

丁:70年斗转星移,70年日新月异。当我们感叹近代以来中华民族从苦难到光明、从积弱到富强的每一次跨越,谁都在说这70年就是一曲波澜壮阔的复兴长歌。

戊:山河铭记,日月可鉴。以毛泽东同志为核心的党的第一代中央领导集体,建立中华人民共和国,确立社会主义基本制度,为当代中国一切发展进步奠定了坚实的基础。

己:1978年,以邓小平同志为核心的党的第二代中央领导集体,顺应历史潮流,尊重人民意愿,做出了改革开放这个决定中国命运的战略抉择,成功开创中国特色社会主义。

甲:以江泽民同志为核心的党的第三代中央领导集体,面对国内外形势的风云变幻,成功把中国特色社会主义推向21

世纪。

乙：以胡锦涛同志为核心的党中央，团结带领全国人民，战胜一系列重大挑战，成功地在新的历史起点上，坚持和发展了中国特色社会主义。

丙：党的十八大以来，以习近平同志为核心的党中央，毫不动摇，坚持和发展中国特色社会主义，坚持以人民为中心的发展思想，统揽伟大斗争、伟大工程、伟大事业、伟大梦想，统筹推进"五位一体"总体布局，协调推进"四个全面"战略布局，党和国家事业发生历史性变革，取得历史性成就。

丁：今天，在习近平新时代中国特色社会主义思想指导下，中国特色社会主义进入新时代，中华民族迎来了从站起来、富起来到强起来的伟大飞跃，中华民族伟大复兴展现了光明前景。

戊：一路走来，我们心潮澎湃；抚今追昔，我们感慨万千。

己：此刻，我想把思绪拉回到新中国成立之时，去看看飘扬的五星红旗映照东方的第一抹晨曦，思索镰刀铁锤经历了怎样的锻造，才换来人民当家做主的喜悦与自豪。

甲：此刻，我还想把目光定格在新中国成立之初，去领略广袤大地上如火如荼的建设场景，聆听那一个个让人激动、令人振奋的创业传奇，用心去感受社会主义天空下的风和日丽。

乙：此刻，就让我们把心中的感动与祝福化作一曲曲难忘的旋律，唱给历史，唱给未来，唱给我们伟大的新中国——

合：70岁生日！

第一篇章：1949~1978
（合唱《东方红》）

甲：有一场悲壮的战争，奔腾的鸭绿江记得；有一群英雄的名字，共和国的史册上铭刻。1950年10月19日，刚刚诞生不久的新中国，为了保家卫国、维护世界和平，组成了中国人民志

愿军开赴朝鲜战场,并由此拉开了抗美援朝战争的序幕。

乙:英勇的志愿军战士顽强拼搏,浴血奋战,用壮丽的青春奠基了通往胜利的道路,用宝贵的生命浇开了幸福之花。硝烟弥漫的战场上,塑造了一幕幕巍然耸立的英雄群像,而中朝人民的记忆中,则永远留下了他们用正义与和平谱写的浩然赞歌。

(领唱与合唱《英雄赞歌》)

丙:饱经战争沧桑与落后苦难的中国人民,在一次次的斗争与求索中,练就了坚强的意志和不屈的品格,更坚定了战胜一切自然灾害和艰难困苦的勇气和精神,站起来的中国人民把命运掌握在自己手中。

丁:然而,建国初期的中国还是一副满目疮痍、百废待兴的面孔。面对如此落后的局面,中国共产党领导全国各族人民完成了三大改造,确立了社会主义制度,积极探索社会主义建设的道路,让新中国迅速迈入全面发展的轨道,社会主义事业蒸蒸日上。

丙:此时的中国大地上,到处是热火朝天的建设场景。王进喜、雷锋、焦裕禄、邓稼先等一个个奋斗不息的身影,用拼搏精神、奉献精神和科学精神撑起了我们中华人民共和国的脊梁,并激励和感召着亿万中国人民意气风发、斗志昂扬地行进在宽广的——

合:大路上。

(男女声二重唱《我们走在大路上》,表演唱《学习雷锋好榜样》)

戊:这是一个如火如荼的建设时期,这是一个激情燃烧的创业年代,中国人民以前所未有的主人翁姿态和高涨的创造热情,积极投入到社会主义改造和国家建设之中。第一根无缝钢管、第一架飞机、第一辆卡车的悉数亮相,以及武汉长江大桥的建成通车、第一颗原子弹的成功爆炸……无数个传奇般的创举,不断树立起新中国耀眼的里程碑。

己:这一时期,就在我们安阳西部一望无际的庄稼地里,诞生了中华人民共和国钢铁事业的新生力量——安阳钢铁厂。那是 1959 年 5 月 17 日,一个永远值得铭记的日子,这一天,人们欢呼着、迎接着从 1 号高炉中流出来的中原腹地第一炉铁水。

戊:这沸腾的铁水熔铸的就是安钢建设者们饱满的激情和冲天的干劲。

己:那耀眼的火光映红的正是我们工人兄弟们用血汗凝成的光荣和力量。

(男声独唱《咱们工人有力量》,音、诗、舞《红》)

第二篇章:1978~2012

甲:1978 年,在所有中国人的记忆中,注定是极不平凡的一年。这一年的 12 月 18 日,中央召开了具有划时代意义的党的十一届三中全会。这次会议,打开了尘封几十年的国门,做出了改革开放的重大决策,确立了以经济建设为中心的基本国策,中国开始了改革开放,开始了中国特色社会主义道路的不断探索,中国历史也由此翻开崭新的一页。

乙:改革开放的政策犹如一夜春风,吹绿了大江南北,催生了大地万物,在人们心中播下了希望的种子。放眼广袤的田野,冰雪消融,一片欢腾,在家庭联产承包责任制的尽情舒展中,焕发出生机勃勃的盎然春意。身处那个时代的人们,用勤劳的耕种抒发着梦想拔节的美好心情,也用幸福的歌声唱出了对家乡、对未来的无限憧憬。

(歌伴舞《在希望的田野上》,女声小合唱《年轻的朋友来相会》《金梭和银梭》《我们的生活充满阳光》)

丙:从那年春天出发,沿路走来,我们听到了一首首乡村丰收的歌曲,看到了一座座城市长高的模样,人们曾经封闭的思想敞开了心窗,曾经忧苦的容颜舒展开笑容,曾经想都不敢想的生活正在我们身边悄然变成现实。

丁:改革开放是激情的线条,一天天绘制着中国美景;改革开放是绚丽的色彩,一点点渲染着中国骄傲。改革开放的中国正以海纳百川的胸怀迎接着八面来风,也感召着所有中华儿女心向母亲、建设祖国的真挚情怀。天长长,路迢迢,最浓还是家国情,最亲还是中国心。

(情景歌舞《我的中国心》)

戊:在70年风雨兼程的建设之路上,有一个春天的故事,人们永远不会忘记。那是1979年的春天,邓小平提出了在南部沿海城市兴办特区的倡议,让深圳等一批经济特区率先迈开了改革开发的步伐。

己:在新中国方兴未艾的改革大潮中,有一首《春天的故事》,人们至今还在传唱。那是1992年的春天,邓小平再次南巡,视察深圳先行先试的改革成果,使一批沿海城市更加坚定不移地沿着改革的方向前行。

戊:40年过去了,昔日那个不起眼的小渔村已经发展成为国际化都市,曾经荒芜的土地上崛起了一座座新城。如今,在党的十八届三中全会全面深化改革的正确指引下,中国正以高速的经济发展续写着一个又一个春天的故事。

己:40年来,改革开放之花已开遍神州大地。每当我们说起春天的故事,总有一种敬意、一种感动在心中升腾;每当我们唱起《春天的故事》,就有一份自豪、一份力量召唤我们砥砺前行,去拥抱那更加明媚的春天。

(小提琴与合唱《春天的故事》,男女声对唱与双人舞《东方之珠》)

甲：百年期盼，圆梦奥运。当北京时间指向 2008 年 8 月 8 日晚 8 时，中国人梦寐以求的第二十九届奥林匹克运动会终于在世界的瞩目中，迎进了中国的大门。那一夜，北京不眠，举国欢腾；那一刻，圣火舞动，世界同庆。

乙：鸟巢巨大的体育场上，开放的中国用炽热的情感和宽广的胸怀拥抱世界。那天人合一的太极方阵，那美轮美奂的中国画卷，让世界看到了中华古老文明和奥林匹克精神的水乳交融，也让我们和全世界一起分享着新北京、新奥运的光荣与激情。

甲：同一个世界，同一个梦想，这是亿万中国人向世界发出的和平之声，也是中国发展进程中团结拼搏、不懈奋斗的美丽见证。

乙：北京奥运，谱写了人类文明气势恢宏的华彩乐章，也共鸣着我和你心中最真挚、最永恒的向往。

（童声合唱《我和你》，吉他弹唱《走在解放路上》）

丙：如果说祖国日新月异的发展是一首恢宏的交响曲，那么我们每个人、每座城市、每个乡村的变化就是这首交响曲中最动人的音符。坐落在豫北大地、洹水河畔的殷商古都，集三千三百年灿烂文明，沐改革开放的和煦春风，正以其独特的形象向世人展现新貌，中国八大古都之一、国家历史文化名城、中国优秀旅游城市、国家园林城市、中国航空运动之都……一个个闪光的名片，一个个辉煌的荣誉，生动地上演了一场开放、富强、文明而充满活力的历史巨变。

丁：生活在这里的人们，目睹了机车轰鸣、钢花飞溅的风生云起，见证了商厦林立、大道通衢的风姿万千，也感受了绿树掩映、碧水流淌的风华正茂……一个个坚实的足迹，一个个骄人的业绩，让豫北这颗璀璨的明珠变得格外光彩夺目，让我们每个人心头久久地回荡着一腔抑制不住的豪情：这里是我家，这里是安阳。

（大型诗朗诵《这里是安阳》）

主
持
词
篇

第三篇章：2012~2019

戊：我们从嘉兴南湖的红船上走来，我们从南昌起义的枪声中走来，我们从开国大典的礼炮中走来，我们从改革开放的春风中走来。这一路，我们披荆斩棘，前赴后继；这一路，我们穿云破雾，开拓进取，为的是中华民族的伟大复兴，为的是薪火传承、生生不息的中国梦。

己：中国梦，如同一把金钥匙，不仅打开了中华民族伟大复兴的新境界，也开启了中国人筑梦、追梦、圆梦的新征程。新征程，新气象，每一次奋斗都能绘出一幅国泰民安的新画卷，每一行脚印都将迎来一片幸福美好的新天地。

（流行歌舞《新的天地》）

甲：2017年党的十九大胜利召开，迎来了中国特色社会主义进入伟大的新时代。中国新时代，是一方激情的舞台，梦如花开，气象万千。从神舟飞天到蛟龙潜海，从高铁飞驰到北斗导航，从一带一路飞架彩虹到港珠澳大桥飞越天堑，今日中国，正用中国速度、中国创新、中国制造、中国力量，不断改变着中国面貌，也为世界贡献着中国智慧和中国方案。

乙：伴随着中国前进的脚步，迎着新时代灿烂的阳光，在市委、市政府的坚强领导下，全市人民万众一心、艰苦创业、与时俱进、改革创新，古都安阳发生了翻天覆地的变化：经济社会朝着高质量发展方向迈进，人民生活阔步迈向全面小康社会，生态文明建设取得显著成果，我们的家乡安阳又站在了飞跃发展的新起点。

甲：漫步走在街头巷陌，触摸安阳建设的强劲脉搏，每个人都能真切地感受到安阳民生改善和经济社会发展的律动。新一届市委、市政府始终把人民群众对美好生活的向往当作奋斗目标，转型发展，务实重干，让安阳市民享有了更多实实在在的获得感、幸福感、安全感。

乙：你看，在脱贫攻坚第一线，在经济建设主战场，在转型升级最前沿，广大党员干部紧紧团结在一起，不忘初心，牢记使命，以只争朝夕、奋发有为的奋斗姿态和越是艰险越向前的斗争精神，自觉同人民想在一起、干在一起，汇聚起同心共筑中国梦、争先进位谋出彩的磅礴力量，今天的安阳正在奋力谱写重返全省第一方阵、决胜全面小康、建设新时代区域性中心强市的崭新篇章。

（歌伴舞《筑梦新时代》，歌曲《我们都是追梦人》）

丙：70 年前，中国共产党从西柏坡出发进京"赶考"，开始了建设新中国的宏伟大业。岁月不居，时节如流，70 年后的今天，中国共产党依然行进在赶考路上。"时代是出卷人，我们是答卷人，人民是阅卷人"，精辟的论断一脉相承，赶考的心态贯穿始终，那就是不忘初心、牢记使命。

丁：从今年 6 月份开始，全党自上而下分两批开展"不忘初心、牢记使命"主题教育，就是要用党的创新理论武装头脑，推动全党更加自觉地为实现新时代党的历史使命不懈奋斗。不忘初心，牢记使命，才能不断开辟党和人民事业发展的光明前景，才能在这场历史性考试中经受考验，努力向历史、向人民交出新的更加优异的答卷。

（歌伴舞《不忘初心》）

戊：有人说，中国梦是一幅美丽的图画，而画中最耀眼的底色就是蓝天白云。

己：有人说，新时代是一首动人的诗篇，而诗中最浪漫的段落就是绿水青山。

戊：党的十八大之后，把生态文明建设纳入"五位一体"总体布局并写入党章。党的十九大再次把"绿水青山就是金山银山"写入党章。一汪清澈的河水，一片湛蓝的天空，一抹清新的

空气,无不牵系着人民的福祉,更关系着人民生活的幸福指数。

己:近年来,我市在习近平生态文明重要战略思想的指引下,认识和把握存在的问题和困难、面对的挑战和机遇,深入推进环境治理,逐步完善生态文明建设机制,全力打好污染防治攻坚战,取得了积极成效。

戊:前人栽树,后人乘凉。保护生态环境,人人都是参与者。我们要像保护眼睛一样保护生态环境,像对待生命一样对待生态环境,从自身做起,从点滴做起,让人民生活美起来,让神州大地——

合:绿起来。

(女子群舞《绿》)

甲:走在新时代的大道上,我们由衷地为祖国的繁荣昌盛而骄傲,更为家乡安阳的日新月异而自豪。如果有朋友做客安阳,我会带他到殷墟博物苑和中国文字博物馆里看看,看甲骨文、青铜器的精妙绝伦,展现古老安阳3300年的历史文明;我还会带他去看看安阳新建的公园、新修的道路和新兴的产业园区,感受近年来安阳开放创新的发展活力和古今交融的时代魅力。

乙:我想,所有到过安阳的朋友一定会和我们有着同样的感受,那就是今天的安阳变得更加美丽、更加宜居。每一处广场,每一条街巷,都有看不够的好风景,有说不完的新变化:拆除违建、道路拓宽、污染防治、河道治理,就连很多老旧建筑也褪去了破旧的"外衣",也重新焕发了崭新风貌,还有一大批街头游园、社区公园、大型公园的新建,和以仓巷街为代表的古城保护整治复兴和示范街区的建设,让人们的生活变得更加舒适,让古都的文脉变得更加浓郁。

甲:特别是随着乡村振兴战略的大力实施,安阳的农业强了,农民富了,农村美了,越来越多的市民选择节假日走进乡村,在青山绿水间体验人与自然的和谐共生。看,这是一幅推窗见绿、出门是湖、处处有绿地、区区有公园的安阳画卷。

乙：听，这是一首同心相和、团结奋斗的城市之歌。让我们在画中畅游，在歌中起舞，随着新时代的脚步，点赞新生活，一路看安阳。

（男声表演唱《一路看安阳》，歌曲与空中特技《飞翔，飞翔，CHINA 安阳》）

丙：从站起来到富起来到强起来的伟大飞跃，承载着新中国一路走来所创造的光辉成就，也记录着中国共产党带领中国人民实现中华民族伟大复兴的奋斗历程。

丁：无论是在艰苦卓绝的峥嵘岁月，还是在日新月异的新时代，中国共产党始终把为中国人民谋幸福、为中华民族谋复兴的重任扛在肩上。不忘初心，牢记使命，早已融入了共产党人的血脉，凝结成中国共产党不断前进的源源动力。

丙：回首走过的路，才能看清未来要走的方向，走到再光辉的未来，也不能忘记为什么出发。今天，当我们站在新时代的起点，再次回望太行山间那条绵延不息的红旗渠时，会更加深刻地读懂那一锤一钎夯实的信念有多重，那艰苦奋斗凝结的初心有多真。

丁：安阳作为红旗渠精神的发源地，要大力学习好、弘扬好、传承好红旗渠精神，不忘初心，牢记使命，撸起袖子加油干，带领人民再出发，以党的建设高质量推动经济发展高质量，让红旗渠精神在新时代焕发出永久魅力和时代风采。

丙：回望红旗渠，力量再凝聚；回望红旗渠，希望正升起。让我们在回望中重温誓言，在回望中叩问初心，跟着新时代的召唤，再一次出发。

（歌伴舞《回望红旗渠》《再一次出发》）

甲：在历史的长河中，在追梦的征途上，70年犹如惊鸿一瞥，然而，无论过去多么遥远，无论未来多么漫长，走过70年的

中华人民共和国注定将永载史册。

乙：70年来，我们万众一心，开拓创新，在旧中国满目疮痍的废墟上走出了一条中国特色社会主义道路，让一个生机无限、活力迸发的新中国昂首走向世界舞台的中央。

丙：70年是一条路，一条满目荆棘而又通往幸福的路。

丁：70年是一部书，一部跌宕起伏而又荡气回肠的书。

戊：70年是一首歌，一首低回婉转而又激情澎湃的歌。

己：70年是一座丰碑，一座屹立在大地而又根植于人心的丰碑。

甲：我们无比自豪，因为今天的中国迎来了世界的瞩目和尊重。

乙：我们满怀信心，因为未来的中国一定会带给世界更多的奇迹和期待。

丙：今晚，我们用最真诚的笑容向辉煌的新中国献礼，礼赞祖国春风万里，幸福安康。

丁：今晚，我们用最嘹亮的歌声为奋进的新中国祝福，祝福祖国繁荣富强，盛世久长。

戊：新时代的光芒引领未来，新时代的航程鼓满风帆。

己：新时代的向往汇聚力量，新时代的奋斗书写荣光。

甲：走在复兴的征程，高唱圆梦的华彩。让我们更加紧密地团结在以习近平同志为核心的党中央周围，在市委、市政府的坚强领导下，以习近平新时代中国特色社会主义思想为指导，不忘初心、牢记使命。

乙：以坚如磐石的信心、只争朝夕的劲头、坚韧不拔的毅力，彰显新担当，展现新作为，奋力推进新时代区域性中心城市建设，开启现代化新征程，为全面建成小康社会收官打下决定性基础，为实现"两个一百年"奋斗目标、实现中华民族伟大复兴的中国梦做出新的更大贡献。

甲：朋友们，请全体起立，让我们共同高唱《歌唱祖国》。

（领唱与合唱《歌唱祖国》）

乙：尊敬的各位领导、各位来宾，亲爱的观众朋友们，安阳市庆祝新中国成立 70 周年"礼赞新中国·奋进新安阳"大型文艺晚会到此结束！

甲：感谢您的观看！朋友们，再见！

2020 年安阳市春节
电视文艺晚会主持词

时间:2020 年 1 月 17 日晚

地点:安阳电视台演播大厅

主持人:粟克、张淑飞、王震、孟祥青、王颖、马源东

（开场歌舞《花开筑梦又一年》）

甲:福门开,笑颜开,春暖花开又一年。

乙:中国梦,小康梦,同心筑梦又一年。

丙:尊敬的各位领导、各位来宾,安阳的父老乡亲们,现场和电视机前的观众朋友们,大家——

合:过年好!

丁:一年又一年的期盼,一年又一年的团圆,我们在四季轮回的变奏歌声里相约又一个新年。

戊:一年又一年的耕耘,一年又一年的收获,我们在新中国成立 70 周年的辉煌盛典中迈向又一个春天。

甲:此刻,2020 年安阳市春节电视文艺晚会正带着新年相聚的请帖,乘着庚子鼠年的新春列车,准时赴约,抵达你我身边。

乙:此刻,不管您在哪里,不管相隔多远,都请您收起这一路的艰辛,打开心扉,放下这一年的忙碌,竖起耳朵,聆听花开的序曲,接受我们新春最美好的祝福。我们给您——

合:拜年啦!

丙:我们祝愿全市的父老乡亲、解放军驻安阳部队指战员、武警官兵、公安干警和所有关心支持安阳建设发展的社会各界朋友,在新的一年里,快乐"鼠"不胜"鼠",爱情终成眷"鼠",事业"鼠"一"鼠"二,好运非你莫"鼠"!

丁:回首 2019 年,是写满光荣与梦想、聚集荣耀与辉煌的一年。全市人民在庆祝中华人民共和国成立 70 周年的热潮中,在习近平新时代中国特色社会主义思想的指引下,拼搏进取,奋发有为,我市高质量发展跨上了新台阶,三大攻坚战取得了新进展,改革开放开启了新征程,人民群众获得感得到了新提升。

戊:展望 2020 年,是具有里程碑意义的一年,是"十三五"规划的收官之年,也是脱贫攻坚决战决胜之年。伴随着全面建成小康社会、实现第一个百年奋斗目标的铿锵步伐,勤劳智慧的安阳儿女将带着新时代奋斗者的初心和使命,向着"一个重返、六个重大",建设新时代区域性中心强市的目标,再一次大步进发。

己:听啊,开心的锣鼓在说,说不完山清水秀家国美,风调雨顺岁月新。

甲:看哪,大红的灯笼在舞,舞不尽春光溢彩新时代,盛世欢腾——

合:中国年。

(少儿舞蹈《大红灯笼》)

甲:走在新时代的大道上,我们由衷地为祖国的繁荣昌盛而骄傲,更为家乡安阳的日新月异而自豪。近年来,市委、市政府始终把增进群众福祉作为出发点和落脚点,不断提高群众的获得感、幸福感和安全感,以初心为笔书写民生答卷,用转型升级唱响发展新篇。

乙:漫步于安阳大地,每一处广场,每一条街巷,都有看不够的好风景,有说不完的新变化:拆除违建、污染防治,一座座老旧建筑褪去破旧的"外衣",焕发崭新的容颜,还有一大批公

主持词篇

园的新建、多条道路的拓宽、以仓巷街为代表的历史文化街区的保护建设,着实让我们的生活变得更加舒适,让古都的文脉变得更加浓郁。

甲:这是一幅推窗见绿、出门是湖的安阳新画卷。

乙:这是一首同心相和、团结奋斗的城市进行曲。让我们在画中游,在歌中舞,随着新时代的脚步,点赞新生活——

合:一路看安阳。

(表演唱《一路看安阳》)

丙:年年过年,盼的是团圆;家家团圆,图的就是个乐。一家人围坐在一起,吃着妈妈包的饺子,品着爸爸炒的菜,再喝上几盅小酒,说上几个笑话,抢上几个红包,那真是热热闹闹,其乐融融。

丁:当然,还少不了守在电视机前看咱们的安阳春晚,一个个精彩的节目会让团圆的时光变得更加快乐。请欣赏一段相声《欢声笑语》,以此祝愿大家在新的一年都能喜乐常在,笑口常开。

(相声《欢声笑语》)

戊:欢声笑语,洋溢着家的祥和;千家万户,汇聚起祖国的蓬勃。在 2019 年举国欢庆新中国成立 70 周年的辉煌时刻,我们由衷地赞叹新中国从开天辟地到改天换地,迎来从站起来、富起来到强起来的伟大飞跃。

己:中国进入了新时代,梦如花开,气象万千。从神舟飞天到蛟龙潜海,从高铁飞驰到北斗导航,从一带一路飞架彩虹到港珠澳大桥飞越天堑……今日中国,正用中国速度、中国制造,彰显着不同凡响的中国风采、中国力量,也为世界贡献着中国智慧和中国方案。

戊:这是让我们为之骄傲的中国,历经风雨沧桑,依旧信念不改,越是艰险越向前的中国。

己:这是让我们倍感自豪的中国,载着民族梦想,一路乘风破浪,书写辉煌传奇的中国。

戊:生在中国,是今生最美的选择;爱在中国,是心底不变的执着。让我们把满腔的挚爱和祝福写成诗,化成歌,向你诉说,为你放歌,我爱你——

合:中国!

(歌伴舞《我爱你,中国》)

甲:喜庆的歌舞,盛大的联欢,翻开了年的新篇,也拉开了春的序幕。春回大地,春意盎然,春芽破土,春花烂漫。

乙:春天像一首诗,花是韵脚,叶是诗情,平平仄仄中吟诵着明媚的希望。

甲:春天是一幅画,大地为纸,春色为墨,红红绿绿间渲染着蓬勃的梦想。

乙:让我们携手畅游诗画春天,驻足洹水河畔,聆听两岸歌声起,且看洹上别样春。

(舞蹈《洹水映春》)

丙:每逢春节,那些远在他乡的游子不论路途多远,风雪多大,都会选择回家过年。回家过年,是咱中国人骨子里最深沉的情感,它源于我们心底的那份牵挂,也寄托着亲人之间太多的期盼。

丁:有人说,回家过年是为了团圆,其实,回家过年更是为了陪伴,为了追赶父母老去的速度。年复一年,时光飞转,长大的我们总以为父母变老是很遥远的事情,然而就在我们不经意间,发现曾经穿针引线、缝缝补补的妈妈,如今看手机都要摸出老花镜,曾经顶天立地、身体健壮的爸爸,如今上楼都要扶着栏杆走走停停。

丙:我们无法阻止时间的脚步,就像曾经父母猝不及防地迎接我们的长大。如今,在父母渐行渐老的路上,让我们给他们多些关爱,多些时间。对他们而言,最好的礼物是孝心,最美的孝心叫陪伴。

(情景表演唱《你养我长大,我陪你变老》)

戊:这是一个奋斗的时代,奋斗是奋斗者的光荣。因为奋斗,中华人民共和国的旗帜更红,因为奋斗,复兴路上一路光明。

己:这是一个奋斗的时代,奋斗是奋斗者的幸福。因为奋斗,每个脚印都走出一处风景,因为奋斗,每滴汗水都化作一道彩虹。

戊:正所谓,幸福都是奋斗出来的。2020年,让我们再次唱响奋斗之歌,开启奋斗之路,建设美好新时代,共创安阳新未来。

己:接下来,让我们在一曲《奋斗才有幸福来》的歌声中一同感受幸福的真谛和奋斗的意义。值得说明的是,这首歌曲选自2019年中国文联、中国音协精心打造的《奋进新时代》大型原创交响合唱音乐会,而这首作品的歌词是由我市青年词作家张咏民创作的,歌词选取了与老百姓生活息息相关的真实体验和感受,运用比兴的手法和平实质朴的语言,通过层层评审论证,最终得以入选。在中国音协的整体策划下,由青年作曲家杨一博作曲,著名歌唱家张也演唱,在北京完成了编曲和制作的全过程,并在国家大剧院首演后广受好评。

戊:接下来,让我们一起欣赏由我市青年歌手和舞蹈演员全新编排的《奋斗才有幸福来》。

(歌伴舞《奋斗才有幸福来》)

甲:看春晚,过大年。春晚早已成为咱们中国人过年最温暖的陪伴。说起安阳春晚,从20世纪80年代开办以来,已经陪伴安阳人走过了30多年。时光在变,节目在变,但那份情怀始终不变。特别是近年来,安阳春晚在节目编排和类型上都做了较大的创新和突破，力求让春晚这道文化大餐办得更加精彩，更具魅力。

乙：观众朋友们，接下来这个节目，您可要睁大眼睛，仔细看哦，因为见证奇迹的时刻马上就要到来。让我们一同走进魔幻传奇的精彩时刻。

（魔术）

丙：有一个地方，它没有俊秀的大山，没有壮观的瀑布，但那一树桃花，一声牧笛，一条小河，却是我们一生都抹不去的记忆。

丁：有一个地方，即使你走过再远的路，越过再高的山，它依然会在你心中悄然绽放。

丙：这个地方就是生我养我的故乡，它是我们生长的根，是我们牵挂的魂，它见证着我们的快乐，也记录着我们的成长。

丁：蓝天之上，雁阵南归，寒来暑往，心念故乡。过年了，让我们举起酒杯，向着故乡的方向，倾诉这心灵深处不老的情肠。

丙：请欣赏原创歌曲《那里是哪里》。

（歌伴舞《那里是哪里》）

戊：一元复始，万象更新。新年的到来为我们的生活掀开了缤纷的一页，也召唤着我们扬帆远航，开启新一轮的梦想征程。

己：说到梦想，我想此时此刻每个人都在心里规划着自己的新年梦想。这些梦想也许很平凡，但却会像一束光照亮前行的路，也许很微小，但只要把每个人的小梦想汇聚在一起，去努力拼搏，就能实现我们伟大祖国的大梦想。

戊：是啊，就像歌中唱到的那样，小梦想，星星光，大梦想，像太阳，都在我们的心中闪闪亮。2020年，就让我们在梦想之光的指引下，奋力奔跑，带着"只争朝夕，不负韶华"的信念，华彩绽放！

（男女声二重唱《小梦想，大梦想》）

甲:泱泱华夏衍百代,煌煌汉字载千秋。汉字乃中华精神的图腾,而作为汉字的源头和中华优秀传统文化的根脉,出土于安阳殷墟的甲骨文,不仅彰显了古人造字的高超智慧,也见证了中华文明的传承发展。

乙:2019 年是甲骨文发现和研究 120 周年,习近平总书记在贺信中指出,殷墟甲骨文的重大发现在中华文明乃至人类文明发展史上具有划时代的意义。作为安阳人,我们由衷地感到自豪,并有责任把甲骨文这一文化瑰宝传承好、弘扬好。

甲:从殷墟走来,向世界走去。让我们用甲骨文这把闪亮的金钥匙,共同开启中华文明发展和人类社会进步更为璀璨的未来。

(歌伴舞《汉字赋》)

丙:岁月生成年轮之前,历史孕育长河之初。当我们循着中华文明的源头逆流而上,会发现那绵延不息的黄河,不仅是哺育中华儿女的母亲河,也是对美好生活向往而汹涌奔腾的精神之河,更是与人类命运同呼吸、共悲欢的时间之河。

丁:千百年来,一代代黄河儿女溯河而居,依河而生,迎接着一次又一次的挑战和检阅,用勤劳、坚韧、奋进和担当,争渡这时间之河,创造了华夏历史文明新的光荣。

丙:曾经,远去的母亲河,用不息的浪花讲述着一幕幕荣辱兴衰和风雨变迁。如今,归来的母亲河,以更加耀眼的生机,温暖着华夏大地更加神奇的——

合:开拓。

(创意舞蹈《时间之渡》)

戊:随着移动互联网的飞速发展,人们的生活也发生了很大的变化,像微信、淘宝、学习强国、滴滴打车等一个个熟悉的名字,已经成为当今社会生活模式一种最时尚的代言。

己:的确,像现在的年轻人比较喜欢的抖音,不仅展现着各种各样的生活点滴,还流传着许多老百姓家喻户晓、广为传唱的"神曲"。接下来,就请大家欣赏根据 2019 年国内最流行的"抖音神曲"为主要音乐元素重新编曲组合的节目,让我们跟着激情动感的音乐一起唱起来!

("抖音神曲"组合)

甲:在迎来庆祝新中国成立 70 周年之后,对于中国而言,2020 年又将是一个崭新的时间坐标。到 2020 年全面建成小康社会,实现第一个百年奋斗目标,这是我们党向人民、向历史作出的庄严承诺。

乙:"小康不小康,关键看老乡。"实践表明,打赢脱贫攻坚战是全面建成小康社会的重中之重。近年来,千千万万个奋战在脱贫攻坚一线的驻村干部守初心、担使命,俯下身子为老百姓干实事,啃下一个又一个"硬骨头",打通了精准扶贫的"最后一公里",带领乡亲们实现了脱贫致富。

甲:看小康路上,有你有我,一个都不能少。

乙:看幸福小康,我们一路同行,一起圆梦。

(独唱《一路同行》)

丙:这是一个奋进的时代,追梦的脚步从来没有这样豪迈。

丁:这是一个壮丽的时代,圆梦的心情从来没有这样期待。

丙:奔腾的黄河给我们血脉,巍峨的泰山扬我们风采。

丁:写着一样的方块字,抒着一样的华夏情,我们有着一样的名字叫中国人。

丙:请大家欣赏一段精彩的豫剧表演《我是中国人》。

(戏曲《我是中国人》)

戊:几度飞雪,几度花开,幸福的长卷徐徐展开。

己:历经风雨,历经沧海,梦想的队列初心不改。

戊:因为我们相信没有比脚更长的路,没有比人更高的山。

主持词篇

己:因为我们相信时间的远方注定是霞光满天、奇迹丛生的未来。

(歌伴舞《相信未来》)

甲:相约又一个春天,每一片花瓣都是自信的笑脸。

乙:启航又一个春天,每一缕阳光都是奋斗的风帆。

丙:挥别跋涉的足迹,看新的日出又将升起,我们和幸福的约定就要如期而至。

丁:展开飞翔的羽翼,听新的号角响彻天际,我们和梦想的约定必将是灿烂花季。

戊:新年新春开新花,新的起点再出发。让我们更加紧密地团结在以习近平同志为核心的党中央周围,高举中国特色社会主义伟大旗帜,在习近平新时代中国特色社会主义思想的指引下,在市委、市政府的坚强领导下,深入学习贯彻党的十九大和十九届四中全会精神,不忘初心,牢记使命。

己:让我们万众一心加油干,奋力谱写"一个重返、六个重大"目标任务,建设新时代区域性中心强市新篇章,为实现"两个一百年"的奋斗目标,为实现中华民族伟大复兴的中国梦而不懈奋斗!

甲:尊敬的各位领导、各位来宾,现场和电视机前的观众朋友们,2020年安阳市春节电视文艺晚会到这里就接近尾声了!再次祝愿大家在新的一年里身体健康、工作顺利、阖家幸福、万事如意!

乙:感谢朋友们的如约相守,让我们期待明年再见!

2020年安阳市新年
合唱音乐会主持词

时间：2019 年 12 月 26 日晚
地点：市职工文体中心剧场
主持人：杨晓帆、谢龙

男：尊敬的各位领导、各位来宾；

女：亲爱的观众朋友们，大家下午好！

男：欢迎各位来到 2020 年安阳市新年合唱音乐会的演出现场。春来秋往一首歌，你唱我和欢乐多。伴随着新中国成立 70 周年的辉煌庆典，今天，搭乘时光列车的我们又将驶向 2020 崭新的一年。在此，我们代表主办单位向所有到场的朋友们致新年的问候，提前祝大家新年快乐！

女：2019 年，一个充满幸福与感动，又满怀奋进与豪情的年轮，一段留在每个中国人心中如此神圣而又难忘的记忆。这一年，我们沉浸在新中国成立 70 周年的庆典欢腾之中，一同回望 70 年来新中国走过的壮丽航程，一同礼赞 70 年来伟大祖国的日新月异。

男：70 年来，在人类历史的长河中，也许只是惊鸿一瞥，但对中国人民和中华民族来说，则是沧桑巨变、换了人间的 70 年。从一穷二白到欣欣向荣，从百废待兴到百业兴旺，从积贫积弱到安居乐业，从饱受凌辱到自立自强，中国人民在中国共产党的领导下，以"敢教日月换新天"的气概，创造了"当惊世界殊"的发展成就，书写了人类历史上的伟大传奇。

女：我想，是中华民族上下五千年的灿烂文明把我们牵系在一起，是中华民族伟大复兴的中国梦把我们凝聚在一起，时

主持词篇

刻激励我们用不懈的奋斗开启新的征程,用中国智慧创造更加辉煌的未来。

男:今晚,让我们用合唱的天籁之音一同畅游合唱世界,用音乐叩响新年的大门。首先,请欣赏混声合唱《天耀中华》。

(混声合唱《天耀中华》)

女:一路走来一路歌,一路花开结硕果。请欣赏一首无伴奏合唱《赶牲灵》。这首作品是我们安阳籍著名作曲家刘文金先生根据陕北民歌改编的,作品运用民族和声编配共有九个声部之多,演唱的难度较大。让我们一起来欣赏。

(无伴奏合唱《赶牲灵》)

男:树高千尺,忘不了泥土的滋养;鱼水深情,忘不了乡亲的哺育。选自大型声乐套曲《西柏坡组歌》中的《天下乡亲》这首歌曲,通过对革命老区现状的反思和回忆,唱出了人民的呼声和期盼,也唱出了党对人民的无限深情。特别是该作品带有浓郁的河北戏曲音乐风格,让作品既耳目一新,又深深地打动人心。

(混声合唱《天下乡亲》)

女:《奋斗才有幸福来》选自中国文联和中国音协共同主办的《奋进新时代》大型原创交响合唱音乐会。歌词运用比兴的手法,用平实朴素的语言,生动形象地诠释了奋斗的意义和幸福的真谛。旋律清新流畅,直抒胸臆,表现出淳朴的思想境界。

(女声独唱《奋斗才有幸福来》)

男:当前,在大力实施脱贫攻坚及乡村振兴的战略进程中,很多别具特色的乡镇村落不断涌现,勤劳朴实的乡亲们通过自己的双手,迈向了幸福美满的小康生活。麦苗青,苹果红,新鲜蔬菜出大棚;小康梦,丰收景,再唱歌儿垄上行。请欣赏女声小合唱《垄上行》。

（女声小合唱《垄上行》）

女：新时代的旗帜迎风飞舞，新时代的阳光洒满山河，美丽的祖国盛开梦想的花朵，璀璨的灯火闪耀幸福的光泽。接下来，让我们跟随梦神组合的歌声一边走，一边唱。请欣赏女声小合唱《看山看水看中国》。

（女声小合唱《看山看水看中国》）

男：不管是混声合唱，还是无伴奏合唱、女声小合唱，给我们呈现的都是丰富的和声效果。

女：我们说，合唱的精髓就在于人与人之间的合作，彼此只有懂得相互谦让、协调配合，才能产生完美的和声。对于一个合唱团来说，"合"的意义同样重要。团员要树立团队协作意识，把个人融入集体中，才是合唱团的生存之道。

男：接下来，请大家欣赏一组草原主题的无伴奏合唱，先请听《呼伦贝尔大草原》。

（无伴奏合唱《呼伦贝尔大草原》）

男：无伴奏合唱是合唱艺术中最高级且难度最大的演唱形式，它不借助任何乐器伴奏，只是通过纯人声来表现丰富的音乐情感，但却给人们带来纯净而空灵的艺术享受。相信大家通过刚才这首《呼伦贝尔大草原》，眼前已经浮现出一望无际的青青牧草，耳边也回响起那宛如天籁的悠扬长调。接下来，让我们跟随《鸿雁》的歌声一同起舞，一起飞翔。

（无伴奏合唱《鸿雁》）

女：唱草原，爱草原，草原风光无限好；你的情，我的梦，歌唱草原我的家。再请听《美丽的草原我的家》。

（无伴奏合唱《美丽的草原我的家》）

男：电视剧《潜伏》是一部值得反复回味的经典，其中的主题歌《深海》融入了苏联音乐风格，充满激情与豪迈，让人热血沸腾。请欣赏男声合唱《深海》。

（男声合唱《深海》）

女：又到飘雪时，又见红梅开。自古以来，人们常把凌霜傲雪的红梅视为自强不息、坚贞不渝的象征，历史上留下了很多赞美梅花的名篇佳作，如："不经一番寒彻骨，怎得梅花扑鼻香""不要人夸好颜色，只留清气满乾坤"，再如："俏也不争春，只把春来报。待到山花烂漫时，她在丛中笑"……我国著名剧作家、词作家阎肃先生曾创作的民族歌剧《江姐》，可以说是家喻户晓，其中的主题歌《红梅赞》，就是把坚韧高洁的梅花比作共产党人的崇高品格和远大胸怀。其实，这首作品也是阎肃一生笔耕不辍、为民而歌的真实写照。正可谓：一曲《红梅赞》，丹心向阳开。请欣赏女声小合唱《又唱〈红梅赞〉》。

（女声小合唱《又唱〈红梅赞〉》）

女：毛泽东作为一代伟大的无产阶级革命家、军事家、诗人，一生留下许多脍炙人口、气吞山河的壮美诗篇。今年的12月26日是伟大领袖毛泽东同志诞辰126周年纪念日，让我们满怀深情，在一曲《忆秦娥·娄山关》的雄壮歌声中，一同感受他的革命情怀与英雄气概。

（混声合唱《忆秦娥·娄山关》）

男：醇厚的乡音，是源远流长的文化根脉，是魂牵梦绕的故土情怀。当熟悉亲切的乡音遇上节奏明快的音乐，会是怎样的感受？接下来，请欣赏根据安阳民歌改编、用安阳方言演唱的无伴奏合唱《数瓜》。

（无伴奏合唱安阳民歌《数瓜》）

女：我们都有一个梦，梦圆在常青。

男：我们共有一个家，家就叫常青。

女：我们因合唱而结缘，常青因合唱而永恒。

男：不管前方的路有多远，不管未来的路有多长，每一个常青人始终坚信，在常青的岁月将永记心中，有歌声的人生将永远常青。

（合唱《我爱常青》）

男：合唱声声传友情，声声合唱颂盛世。

女：新时代是我们的歌，新中国是我们的爱，让我们都来加入合唱的行列，用和谐之音唱出美好向往，唱响美丽中国！

男：尊敬的各位领导、各位来宾，亲爱的观众朋友们，2020年安阳市新年合唱音乐会到这里就全部结束了。再次感谢您的光临！让我们紧密地团结在以习近平同志为核心的党中央周围，高举中国特色社会主义伟大旗帜，深入学习贯彻党的十九大和十九届四中全会精神，不忘初心，牢记使命。

女：在市委、市政府的正确领导下，推进安阳高质量发展，为实现"一个重返、六个重大"目标任务，建设新时代区域性中心强市，助力中原更加出彩做出更大的贡献！

男：祝愿大家在新的一年里，身体健康，万事如意，永远有歌声相伴，时刻与快乐同行！

女：朋友们，再见！

2021年安阳市春节
电视文艺晚会主持词

时间：2021年2月4日晚
地点：安阳电视台演播大厅
主持人：栗克、张淑飞、王震、张杰、王颖、马源东

（开场歌舞《幸福花开盛世春》）

甲：又是春潮满乾坤，
乙：四海同庆日月新，
丙：神州万里团圆夜，
丁：幸福花开盛世春。
戊：尊敬的各位领导、各位来宾，现场和电视机前的观众朋友们，安阳的父老乡亲们，大家——
合：春节好！
己：一年又一年，岁岁开新篇。在这阖家团圆的美好时刻，在这举国欢庆的新春佳节，2021年安阳市春节电视文艺晚会带着辛丑牛年的第一声新春问候，再次与您温暖相伴，共同开启崭新的迎春盛典。
　甲：此时此刻，在春回大地的笑容里，在漫天飞舞的祝福中，我们欢聚一堂，挥手告别让我们难以忘怀、极不平凡的2020年，带着希望、满怀豪情地走进幸福美好的2021年。在这里，我们给您——
合：拜年了！
乙：我们祝愿全市的父老乡亲、解放军驻安阳部队指战员、

武警官兵、公安干警和所有关心支持安阳建设发展的社会各界朋友,在新的一年里,快乐越来越多,

丙:身体越来越棒,

丁:爱情越来越甜,

戊:事业越来越旺,

己:生活像金牛一样越来越牛!

甲:过去的一年,我们在抗击突如其来的新冠肺炎疫情中,感受到了中华民族众志成城的大爱,也见证了我们安阳在疫情防控中彰显的安阳担当和在经济社会发展中展现的安阳力量。

乙:过去的一年,我们在全面建成小康社会、决战脱贫攻坚的伟大进程中,体会到了民生改善的安阳温度,也看到了城乡面貌日新月异的安阳画卷。

丙:过去的一年,我们在实现"一个重返、六个重大"目标任务,建设新时代区域性中心强市的奋斗征程中,抓"六稳",强"六保",增动能,惠民生,敞开了"迎客入安""洹泉涌流"的安阳胸怀,也奏响了最动听、最铿锵的安阳乐章。

丁:转眼间,2021年又向我们走来,这注定是充满希望、奋斗不息的一年,我们将迈进"十四五"规划,开启全面建设社会主义现代化国家,向第二个百年奋斗目标进军的新征程。

戊:天地间,2021年正用春风抒怀,这必定是令人振奋、值得期待的一年,我们将迎来中国共产党百年华诞,站在"两个一百年"的历史交汇点,继续奋斗,看光明的前景正在我们的手中徐徐展开。

己:今晚,就让我们把真诚的祝福写进红红的春联,激情挥洒创新创业、追梦圆梦的喜悦与豪迈。

甲:今晚,就让我们把美好的向往汇入迎春的歌舞,盛情赞美这蓬勃兴旺、春意盎然的——

合:新时代。

甲:歌舞翩翩迎春来,欢乐吉祥大拜年。一年一度的安阳

主
持
词
篇

春晚又一次拉开了我们欢度春节的序幕。

乙：每逢春节，咱们中国人都会以最隆重、最喜庆的方式迎接它的到来，无论是剪窗花、贴对联，还是放鞭炮、挂红灯，处处都洋溢着节日的热烈祥和。

甲：没错，如果用一种颜色来代表春节的话，那一定是红色。因为红色代表着红火兴旺，红色寓意着团圆美满，红色也是我们送给来年最鲜亮、最美好的期盼和祝愿。

乙：就让我们以红色为底，以团圆为线，把快乐、平安、和谐、幸福，都编在一起，织成红红的中国结，祝福祖国，祝福家乡，红红火火——

合：向明天。

（少儿民俗舞蹈《红红的中国结》）

丙：红红的中国结，美美的中国年。我们在感受浓浓年味儿的同时，其实也是在品味中国传统文化的魅力，因为中国的传统节日承载着丰富多彩的民俗，渗透着我们民族的精神，也凝结着华夏儿女的最真挚情感。

丁：是啊，一个个传统节日是中华民族的文化血脉和思想精华，就像一幅幅千姿百态、色彩斑斓的年画，描绘着从千里到眼里、从眼里到心里的繁荣景象。

丙：它更像一首首国风浩荡、民风悠扬的乐章，合奏出从昨天到今天、从今天到明天的幸福歌唱。

（女声三重唱《节日圆舞曲》）

戊：说到安阳春晚，从20世纪80年代开办到现在，已经有30多年的历史了。

己：回首每一年的春晚，我们安阳广播电视总台始终坚守初心，不断创新，全力集合我市文化艺术领域中的专业力量，组成策划和编导团队，力求以新面孔、新创意、新形式、新技术和新舞美，为观众朋友们献上有欢乐、有感动、有温情、有深度的春节联欢晚会。

戊：的确，我身边的朋友常常对我说，咱们的安阳春晚办得是越来越精彩，节目也越来越好看了。

己：是啊，观众们满意就是对我们最好的鼓励。我们唯有再接再厉，不断努力，创作排演出更多让人民群众喜爱的文艺节目，才能不负众望和期待。

戊：接下来，就为大家献上一段相声。掌声有请。

（相声）

甲：在我们的记忆中，2020年是刻骨铭心的一年。这一年，我们笑过、哭过、拼过，也获得过。如果要为我们中国人写一句2020年评语，最恰切的想必就是习近平总书记新年贺词中的那句话——"每个人都了不起！"

乙：在我们追逐梦想的道路上，从来都不会是一帆风顺。然而，困难吓不倒我们，挫折击不垮我们，生活即便有再多的艰辛和不易，也不会动摇我们的信念。因为我们坚信，只有拼搏，只有奋斗，才是实现理想和收获幸福的唯一路径。

甲：新的一年，新的出发，让我们继续做脚踏实地的追梦人，做勇攀高峰的奋斗者，咬定青山不放松，扛起岁月，一路——

合：前行。

（男声独唱《扛起岁月》）

丙：每逢过年，一家人都会其乐融融地围坐在一起吃团圆饭。这一刻，我们共享的不仅是美味可口的菜饭，还有那份割舍不掉的血脉亲情。

丁：是啊，人间最美是亲情，亲情最暖是陪伴。岁月悠悠告诉我们，当我们一天天长大成人，背起行囊远行的时候，其实人世间最美丽的风景不在路上，而在我们身后，因为那里有我们魂牵梦绕的故乡和朝思暮想的父母。

丙：有人说，父母与子女一场就像一次轮回，父母的牵挂陪伴子女走过前半程，而子女的牵挂则陪伴父母度过后半程。然而，不管时光如何变迁，不管角色如何转换，唯一牵系我们的永远是心底那份不变的爱。

（双人舞与歌曲组合《父子》）

戊：对于咱们中国人来说，过年回家早已成为一种习俗、一种传统、一种渗入我们血脉的传承。这种传承就像那生生不息的黄河，永远激荡在一代代中华儿女们的心中。

己：说起黄河，每个人都会感慨万千。她是中华民族的母亲河。千百年来，她用绵绵不断的乳汁哺育了华夏万世不朽的文明，她用奔腾不息的力量塑造了我们坚强不屈的品格。习近平总书记在黄河流域生态保护和高质量发展座谈会上强调，黄河文化是中华文明的重要组成部分，也是中华民族的根和魂。

戊：根在黄河，魂在黄河，无论走到哪里，我们都不会忘记我们是英雄的黄河儿女。

己：感恩黄河，依恋黄河，我们有责任，也有信心把黄河建成造福人民的幸福河，在追梦的路上与黄河一起澎湃。

戊：历史走过，岁月在说，黄河就是我们，我们就是——

合：黄河。

（歌伴舞《黄河儿女黄河魂》）

甲：从 1921 到 2021，百年的奋斗历程，中国共产党带领中国人民走出了一条中国特色社会主义道路，中华民族迎来了从站起来、富起来到强起来的伟大飞跃。

乙：从小小红船到巍巍巨轮，百年的追梦征程，中国共产党带着不变的初心与使命，擘画蓝图，创造奇迹，完成了对人民的一个个庄严承诺，交出了一份份让人民满意的答卷。

甲：南湖的霞光记得，南昌的枪声记得，国庆的礼炮记得，春风的故事记得，是你点燃信仰的火炬，让梦想的光芒燎原祖国大地,映照在每个人心里。

乙:繁华的都市知道,幸福的村寨知道,飞驰的高铁知道,奔月的"嫦娥"知道,你就是一面旗帜,高举着人民至上的永恒主题,继往开来,阔步走向新的胜利。

(歌伴舞《你是一面旗帜》)

丙:过年团圆,一家人聚在一起说说笑笑,总爱谈论这一年来取得了哪些收获,身边又发生了哪些变化。

丁:没错。大到国家,小到个人,其实在过去的一年都会有许多可圈可点的收获。就拿咱们家乡安阳来说,这一年来的变化还真是不少。你看,我市在全力做好疫情防控阻击战、脱贫攻坚战及大气污染治理攻坚战的同时,加快推进了老旧小区改造和背街小巷整治,规划建设了一大批市政道路、公园绿地、"两场一所"等公共基础设施,还丰富了"迎客入安"旅游业态,推进了"洹泉涌流"人才集聚计划,打造了"安阳有戏"文艺演出,等等。

丙:还有,在产业升级、经济社会发展等方面也取得了可喜的成绩,据统计从 2020 年 1 月到 10 月我市引进省外资金的增幅率居全省第一位,还有我市"融入京津冀合作谋发展"招商引资旅游推介大会在北京成功举办,现场签约了 30 个项目。

丁:是啊,一个个数不完的暖心变化,记录着安阳人民不断提升的幸福感、获得感和安全感,也见证着安阳这座城市创新发展、砥砺奋进的坚实步伐。

丙:新时代,古老而神奇的安阳大地,正积蓄着转型升级和高质量发展的强大动力,并以包容的胸襟和自信的笔触,写下最动人的——

合:时代之约。

(歌伴舞《时代之约》)

戊:我们说,2020 年是极不平凡的一年。我们不会忘记,年初那场突如其来的新冠肺炎疫情,打乱了正常的社会秩序。面对惊心动魄的抗疫大战,全市人民在党中央的正确领导下,在市委、市政府的科学指挥下,谱写了一曲荡气回肠的英雄壮歌。

己:也许,因为疫情,我们错过了 2020 年的那个春天,没有像往常那样游园踏青感受春天的美景,但我们却看到了一个个坚守在抗疫一线的逆行的身影,读到了一个个团结抗疫、共克时艰的温暖的故事。

戊:让我们留一份感动,温暖大地,永存心中。

己:让我们捧一份真情,歌唱平凡,致敬——

合:英雄!

(大型音诗舞《致敬英雄》)

甲:每一个故事,都是凡人微光;每一个人,你我身边都依稀可见。他们赢得尊敬,因为他们守住了本分;他们让人感动,因为他们选择了奉献。

乙:在这次抗击新冠肺炎疫情的战场上,我们安阳各条战线、各个行业中涌现出了许多的抗疫英雄,他们以生命赴使命、用挚爱护苍生,践行了无悔的担当。今天,我们有幸地把其中的几位代表请到了演出现场,让我们掌声欢迎他们。

(互动)

丙:一首歌从农家院落传来,那是摆脱贫困的幸福歌。

丁:一幅画在田野之间展开,那是同心圆梦的小康景。

丙:2020 年是脱贫攻坚决战决胜的收官之年。这一年,我市认真贯彻落实党中央、国务院和省委、省政府关于脱贫攻坚的决策部署,紧紧围绕剩余贫困人口高质量脱贫和巩固脱贫成果两个重点,开展了脱贫攻坚"百日总攻行动""五查五确保"百日提升行动,为全面完成脱贫攻坚目标任务打下了坚实基础。

丁：刚刚过去的 2020 年,全面建成小康社会取得伟大历史性成就,决战脱贫攻坚取得决定性胜利,一条通往幸福的康庄大道正在我们眼前灿然展开。

丙：庄严的承诺告诉我们,实现全面小康,一个都不能少。

丁：心中的自豪唱响时代,走在小康路上,一年更比一年好。

（歌伴舞《走在小康路上》）

戊：在决胜全面建成小康社会、决战脱贫攻坚的进程中,我市有一大批优秀共产党员、第一书记和先进党组织,他们勇担时代赋予的责任与使命,积极投身脱贫攻坚战,贡献了自己的青春和力量。

己：还有许多网红、知名人士也通过直播、推介,对复工复产和经济社会发展起到了独特而重要的作用。今天,我们特意邀请了他们其中的代表来到晚会现场,让我们掌声欢迎他们上台与大家见面。

（互动）

甲：盘点过往,2020 年给我们都留下了不同往年的记忆和感慨,我想最最难忘的莫过于一张张笑脸。那是防护镜下自信的笑脸,是摘下口罩后灿烂的笑脸,是喜获丰收时开心的笑脸,是乔迁新居时幸福的笑脸。

乙：笑由心生,笑如春风。一个微笑可以带给我们战胜困难的勇气,一个微笑可以燃起我们对生活的希望。无论成败得失,无论何时何地,请不要忘记微笑。就像歌中唱到的那样,你笑起来真好看,像春天的花一样。

甲：2021 年,让我们满怀信心,振作精神,一起唱起来,笑起来!

（表演唱《你笑起来真好看》）

丙：冬去春来,万物复苏,天地之间,盎然生机。春天的到

主持词篇

来,总是和雨有着千丝万缕的联系。春雨绵绵,敲击着思绪,随雨入眠,梦回故乡。

丁:回忆从哪里生长?思念在哪里落脚?也许是一扇门窗,也许是一树月光,也许就是故乡那条长长的雨巷。

(舞蹈《雨巷》)

戊:时光飞逝,永远不忘的是青春的相约,永远不老的是青春的欢歌。

己:是啊,我们的生活中,从来不缺少青春的气息,我们的新时代,也处处洋溢着青春的风采。接下来的这个节目,我们将2020年最为流行的几首网络歌曲串烧在一起,为您唱响激情动感的青春节拍。

("流行金曲"组合)

甲:感怀时间,时间是伟大的书写者,它忠实地记录着万物成长和变化的足迹,让我们在若干年后,还能清晰地回想起那一次次生命的坚持和风雨过后的欢笑泪滴。

乙:其实,时间更像是一位雕塑师,它用岁月的风尘和沧桑,塑造着精神,也塑造着永恒,让我们从一个个难忘而不老的故事里,找到奋斗的影子,也看到我们更好的自己。

(创意舞蹈《塑》)

丙:对于咱们中国人来说,每年过春节,有春晚才叫有趣儿;而每年看春晚,有戏曲才算有味儿。

丁:是啊,一段儿地道的家乡戏,听的是乡音,品的是乡情。那么,在今天安阳春晚的舞台上,我们依然给大家安排了一个戏曲节目。

丙:喜看春来百花开,共赏缤纷——

合:新梨园。

(戏曲《缤纷新梨园》)

戊：一路走来，春风把我们拥抱，奋斗的每一天都是幸福的味道；

己：一路前往，阳光为我们领跑，走过的每一步都是闪亮的坐标。

戊：向着明天，追梦的航程又一次扬帆起锚。

己：向着未来，中国的道路必将是光华闪耀。

（歌伴舞《向着明天》

甲：春光做伴启新程，浓墨重彩绘新景。

乙：幸福花开盛世春，小康欢歌中国梦。

丙：此时此刻，华灯初上，万家团圆，让我们珍惜这每一次欢聚，共享每一份真情。

丁：心梦如光，照亮希望。让我们共同祝愿每一扇门窗都充满和谐安宁，祝愿我们的祖国永远繁荣昌盛。

戊：看，2021年又一个崭新的春天如约而来，"十四五"规划的蓝图已在我们的手中精彩展开。

己：听，第一百年奋斗目标的冲锋号已经吹响，我们将满怀自信地踏上全面建设社会主义现代化国家的新征程。

甲：新的一年，新的起点。让我们更加紧密地团结在以习近平同志为核心的党中央周围，高举习近平新时代中国特色社会主义思想伟大旗帜，深入学习贯彻党的十九届五中全会精神，坚定信心，真抓实干。

乙：奋力谱写"一个重返、六个重大"目标任务和新时代区域性中心强市的新篇章，以优异的成绩迎接中国共产党成立100周年，为实现中华民族伟大复兴的中国梦而不懈奋斗！

丙：朋友们，2021年安阳市春节电视文艺晚会就要给您说再见了，再次祝愿大家新春快乐，万事如意！

丁：朋友们，再见！

论文篇

词为人民写，歌为人民咏

——从《奋斗才有幸福来》歌词创作谈起

摘要：坚持"以人民为中心"的创作导向是新的历史条件下党的文艺政策的立足点，也是广大文艺工作者要始终遵循的实践指南。本文结合《奋进新时代》大型原创交响合唱音乐会曲目之《奋斗才有幸福来》的歌词创作体会，浅析"以人民为中心"的创作导向在新时代歌词创作实践中的指导意义。

关键词：以人民为中心　歌词创作　实践途径

党的十八大以来，习近平总书记对广大文艺工作者寄予殷切期望，他强调指出，社会主义文艺是人民的文艺，必须坚持以人民为中心的创作导向，在深入生活、扎根人民中进行无愧于时代的文艺创作。离开人民，文艺就会变成无根的浮萍、无病的呻吟、无魂的躯壳。"以人民为中心"的创作导向，是当代中国文艺工作者要始终遵循的实践指南，也是检验文艺作品能否留得下、传得开、唱得响的关键所在。

2019 年 4 月，笔者参加了中国音协举办的全国优秀青年词曲作家第五期高研班的学习，其间创作的歌词《奋斗才有幸福来》有幸入选了由中国文联、中国音协共同主办的《奋进新时代》大型原创交响合唱音乐会，由青年作曲家杨一博作曲，著名歌唱家张也演唱，反响热烈。我曾多次思考，这首歌词为什么能够入选，它有哪些可取之处，它是否体现出"以人民为中心"的创作思想。本文结合歌词《奋斗才有幸福来》的创作体会，谈一谈"以人民为中心"在歌词创作中的指导意义，与各位方家共勉。

一、走进人民的生活，才能写出人民的感受

任何艺术作品归根结底都来源于人民，又服务于人民，这是大家公认的道理。歌词作为一种音乐文学，要通过谱曲唱给人民听。人民能不能接受，取决于作品是否写出了人民的生活感受。人们说，中国最早的歌词可追溯到《诗经》，这其中有相当一部分是采自民间的乐歌，反映的是人民在劳动和斗争实践中所产生的思想、感情和意志。乔羽先生也曾说过，歌词不是绫罗绸缎、山珍海味、饕餮大餐。歌词只是布帛菽粟、粗茶淡饭。歌词属于布衣百姓，属于人民群众。因此，歌词创作"以人民为中心"，首先要走进人民的生活。

歌词《奋斗才有幸福来》是围绕"幸福都是奋斗出来的"这一主题展开的。首先，我通过查阅资料，反复体会"幸福都是奋斗出来的"所蕴含的深刻内涵，理解了奋斗与幸福之间其实就是一种因果关系，只有脚踏实地付出了，才能有所收获。我想到了愚公移山、精卫填海、囊萤映雪等一个个寓言故事，想到了"宝剑锋从磨砺出，梅花香自苦寒来""千里之行，始于足下""天行健，君子以自强不息"等一句句古训格言。然而，要把这个命题写出新意，还应该关注它对一个民族、一个国家，以及一个家庭、一个人有哪些现实意义。奋斗可以让一个民族历经磨难并巍然屹立于世界民族之林，奋斗可以让一个国家迎来繁荣富强的盛世光景，奋斗也可以让一个家庭、一个人的生活拥有满足感、获得感和喜悦感。由此看来，对于幸福的解读可以大到民族复兴、国家强盛，也可以小到老百姓的柴米油盐、衣食住行。

想到这里，思路渐渐变得清晰，对于这样较大的主题，可考虑从小的角度切入，抓住老百姓的衣食住行去开掘，发现新质。如此，几句歌词在头脑中浮现："想看山上的风景，就要一步一步爬上来。想收树上的果实，就要一个一个摘下来。想做美丽的衣裳，就要一针一针缝起来。想造摩天大厦，就要一层一层盖起来。"这其中的"想做美丽的衣裳""想收树上的果

论文篇

实"想造摩天大厦""想看山上的风景"可以理解为是与老百姓生活息息相关的衣食住行,就是咱老百姓眼中的幸福。

另外,培训期间的采风活动激起了创作灵感,让歌词多了生活气息。笔者由体验制茶的艰辛,联想到在通往成功、追求幸福的路上,谁都不会一帆风顺,可能会遇到这样或那样的困难,这就需要我们挥洒辛勤的汗水迎难而上,带着必胜的信念逆风飞扬。由此,想到了蜜蜂采蜜,想到了风筝高飞,通过"蜜蜂"和"风筝"这两个意象,写下了"蜜蜂采来花蜜,甜甜地唱起来,没有谁的幸福会不请自来""风筝迎着逆风,高高地飞起来,奋斗出的幸福会如约到来"。此时我想,一个较大的主题从人民的生活体验出发,从较小的视角落笔,应该会呈现出一种较为新颖的效果吧。

二、揣摩人民的心理,才能引起人民的共鸣

一首歌曲能不能引起社会认可并广泛流传,还要受众说了算。现实生活中,人们听一首歌曲,除了会对歌曲旋律好不好听作以评价,也会更多地关注歌词部分能不能引起心灵的共鸣。像《时间都去哪儿了》(陈曦词)这首歌曲一经推出,平实质朴的歌词便打动了无数听众,因为它说出了人们心中最想表达的情感。因此,我们在歌词创作的过程中,不仅要以创作者的身份写作,也要注意转换一下身份,让自己成为一名听众、一名曲作者或是一名歌手,去体会歌词有没有触动到内心。这就要求歌词创作要揣摩受众的心理,抒真情,说真话,进而拉近与听众的距离。

在歌词《奋斗才有幸福来》的创作过程中,我把自己设置在一个与朋友聊天的情境中,想象着两个人在就某个话题,你一言我一句讲述着自己的理解和感受。要让对方接受自己的观点,只说空洞的大道理是不能奏效的,而是需要列举一些彼此生活中曾经见到或遇到过的例子,才能使对方发自内心地去认同。这首歌词运用了比兴的手法,借"想看山上的风景,就要一步一步爬上来""想收树上的果实,就要一个一个摘下

来""想做美丽的衣裳,就要一针一针缝起来""想造摩天大厦,就要一层一层盖起来"起兴,引发听众的思考,引出"没有谁的幸福会不请自来""奋斗出的幸福会如约到来"的情感共识。如此,从普通人的视角出发,用鲜活的生活体验写出来的歌词,不仅可以增加了歌词的形象性和感染力,也会消除与听众之间的陌生感。这里用到的比兴手法,是中国诗歌中的一种传统的表现手法,《诗经》中有不少出自民间歌谣的作品就采用比兴的手法,发展到后来,比兴的创作手法也普遍运用到现代民歌的写作中。所以说,比兴手法的运用,也使这首歌词最终以民族唱法的形式呈现得更为贴切。

歌词作为面向大众的文学,始终以社会群体为主要服务对象,成为一群人或一类人的代言。因此,在歌词创作中,我们在写"小我"的时候要有"大我"的意识,避免过于留恋自我,忽视了大众的感受,要处理好个性与共性、特殊与普遍在审美形象中的交融与统一。

由此可见,歌词创作"以人民为中心"还体现在用心体会人民的所思、所想,并通过创作把作品呈现给他们,让他们认可、喜欢,这才是我们从事歌词创作的价值所在。这首歌词写出来后,我在自己朗读的同时,还给家人朗读,目的就是想了解一下听众的反应和感受。把好歌词这一关,才能为接下来的谱曲、演唱打好基础。

三、提炼人民的语言,才能赢得人民的喜爱

歌词是一种语言的艺术。相比诗歌而言,歌词的语言要求通俗易懂,精练流畅,让人们在较短的时间里一听即懂。要做到这一点,必须使语言大众化和口语化。然而,大众化语言并不是大白话。大众化的语言必须来自人民的语言,并经过艺术加工和提炼。

乔羽先生的歌词能够成功,很重要的一点在于它平易朴实、言简意赅、淡而有味、浅而有致。如《我的祖国》(乔羽词)从具体的意象入手,以小见大,没有空泛无味的口号,也没有华

论文篇

丽辞藻的堆砌,而是通过"一条大河波浪宽,风吹稻花香两岸,我家就在岸上住,听惯了艄公的号子,看惯了船上的白帆"这样鲜活形象的句子,在我们眼前展开一幅美丽而又亲切的画面。再如《常回家看看》(车行词),歌词平白如家常琐语,单从题目看,就像人们平时挂在嘴边的一句话。"哪怕帮妈妈刷刷筷子洗洗碗""哪怕帮爸爸捶捶后背揉揉肩",看似没什么文学价值,但却足以引起所有子女和父母的共鸣。分析这些歌词的语言,有个共同的特点,那就是貌似说话一样的歌词,都能找到生活的影子,但又比说话时的语言更有韵味、更具质感。因此,歌词创作要想得到人民大众的喜爱,一定要在语言锤炼方面下大工夫。

再回到歌曲《奋斗才有幸福来》。身边不少听过这首歌的朋友给我反馈时说,这首词写得很朴实,感觉写到人们的心里去了。鼓励过后让我再度思考,能得到这个效果主要得益于语言的大众化。创作中,我选取了与老百姓生活息息相关的真实体验和生动细节,如"看山上风景""摘树上果子""做衣服""建高楼""蜜蜂采蜜""风筝高飞"等,这些都是大家熟知的场景和意象。同时,运用"想……就要……"这种包含因果关系的句式,试图寻求一种以浅说深、明白如话的语言,营造出亲切平实且带有节奏的语感和语境,以期让人们听得懂、记得住,最好还能唱出来。

随着新时代的到来,我们的文艺创作语境已发生了很大变化。特别是受网络媒体的影响,越来越多的人习惯利用网络来获取信息、沟通交流以及进行商业交易。在歌词创作领域,有的歌词为了追求新奇的"陌生化"效果,堆砌一些不知所云的病句,违反了语言、诗词规范,令人费解。也有的歌词为了迎合市场的关注,选用一些概念化、程式化的词汇直白地宣泄,存在浅俗的"口水化"现象,缺乏语言的美感。实践证明,这些歌词也许会流行一时,但终会因语言的"营养不良"而淡出人们的视线。

笔者认为,解决这类问题的最好办法,就是要依托人民日常语言表达的基础,学习总结人民的语言特点,了解不同地域的方言、俚语,从中提炼升华。我们的歌词语言应当像乔羽先生说的那样,做到"寓深刻于浅显,寓隐约于明朗,寓曲折于直白,寓文于野,寓雅于俗",这样才能成为人民喜爱听、愿意唱的好歌词。这是所有词作者要倾注一生为之奋斗的目标。

　　"以人民为中心"是社会主义文艺创作的灵魂,也是新时代文艺工作者必须始终坚守的初心。作为一名词作者,我深深地体会到,歌词虽然短小精练,却同其他艺术门类一样,饱含着对人民的情感表达,诠释着对时代的真实解读。

　　歌词的创作灵感来源于人民,它的最终呈现也离不开人民。因此,从事歌词创作,不仅要有长期不断的深入生活、扎根人民的信念,还要有从生活中汲取营养并提炼成艺术作品的能力,更要有服务人民、接收人民检验的胸怀。让我们带着人民的生活体验、真情实感和语言特点,学习钻研,潜心创作,写出更多更好的歌词。

奋斗才有幸福来

想看山上的风景,
就要一步一步爬上来。
想收树上的果实,
就要一个一个摘下来。
蜜蜂采来花蜜,
甜甜地唱起来,
没有谁的幸福会不请自来。

想做美丽的衣裳,
就要一针一针缝起来。
想造摩天大厦,

论文篇

就要一层一层盖起来。
风筝迎着逆风，
高高地飞起来，
奋斗出的幸福会如约到来。

拼搏换来梦想花开，
辛勤的汗水添风采。
一分耕耘，一分收获，
奋斗才有幸福来。

　　注：此文在中国文联"习近平总书记关于文艺工作重要论
述理论研讨会"上宣读，先后发表于《中国文艺评论》2020年
增刊和《词刊》2021年第3期。

"以人民为中心"的
新时代歌词创作刍议

摘要: 坚持"以人民为中心"的创作导向是党指导当代中国文艺工作的重要原则。歌词创作同其他文艺创作一样,都需要深入生活,扎根人民,将人民作为文艺创作的服务对象和表现主体。本文试从人民的生活形态、思想感情、语言特点和审美理想等方面入手,探索"以人民为中心"的新时代歌词创作。

关键词: 以人民为中心 深入生活 歌词创作

党的十八大以来,习近平总书记多次强调文艺工作的重要性,在党的十九大报告中明确指出:"社会主义文艺是人民的文艺,必须坚持以人民为中心的创作导向,在深入生活、扎根人民中进行无愧于时代的文艺创作。"文艺"以人民为中心"创作导向的提出,为广大文艺工作者提供了根本遵循,对于指导新时代中国特色社会主义文艺创作发展具有重要的现实意义。

歌曲作为一种深受人民群众喜爱的文艺形式,在社会生活中发挥着积极的作用。追溯中国音乐发展历程,歌曲起源于人们的劳动生产与生活实践,并伴随着历史的发展不断进步和完善。歌曲由歌词和旋律两部分组成,歌词因旋律而灵动,旋律因歌词而丰盈。衡量一首歌曲好不好听,主要取决于旋律,而判断它能不能流传长久,则要看歌词能不能引起大众的共鸣,经得起时间的考验。

探索新时代歌曲创作,要坚持以人民为中心的创作思想,首先应从歌词创作上做到,让歌词在保留本身所具备的文学性和音乐性的同时,彰显出人民性的特质。结合个人的创作,谈几点体会与大家共勉。

一、要深入人民的生活

"人民需要文艺,文艺也需要人民。人民是文艺创作的源头活水,一旦离开人民,文艺就会变成无根的浮萍、无病的呻吟、无魂的躯壳。"古往今来,那些流传久远的名篇佳作,无不是从人民的生活中寻找创作的灵感。作家柳青扎根农村长达14年,与乡亲们一起生活,一同劳作,创作了小说《创业史》;词作家阎肃创作歌剧《江姐》时,专程走进渣滓洞,把自己的双手反铐起来,戴上脚镣,坐上老虎凳,亲身体验当年共产党员被捕受刑时的情景。优秀的文艺作品应该能够让人们从中了解某个时期、某个社会阶层的生活状况,体察人间向上向善的精神风貌,找到自己生活中的影子。如果文艺作品脱离了生活,背离了社会现实,人民是不会说好的。

歌词的人民性首先表现在内容上。凡是展现人民生活、为人民群众所关注的题材,都是富有人民性的。生活是立体的,丰富的,也是深刻的。特别是进入新时代,随着人们生活水平的提高和生活方式的转变,许多新事物、新变化为创作提供了更加多元的素材,而这些要靠我们走近了、接触了、体验了才能获得,关在屋子里想是想不出来的。

在当今快节奏、娱乐化、碎片化的消费文化语境下,有些歌词处于一种急于求成的"快餐式"创作状态,认为歌词篇幅小、字数少,不深入生活也能写成,仅凭读读报纸、看看手机、脑子一热就一挥而就,却不知这样的歌词会缺少很多真实的情感,忽略很多生动的细节;有的只是效仿他人之作,选取一些反复用过的词汇拼凑而成,如同"克隆"一般,生出许多千篇一律、毫无价值的"废品";还有的为了迎合市场而想当然地"写作",脱离生活,脱离群众,走向自娱自乐的地步。

一首歌词寥寥百余字,看似简单,但却是生活的提炼、艺术的浓缩。要想写出能够留得下、传得开、唱得响的好作品,一定不能失去生活的根基。著名战地摄影记者罗伯特·卡帕曾说过:"如果你拍得不够好,那是因为你靠得还不够近。"歌词创作亦是如此。真正有生命力、有感染力的好故事，不是凭空想象，不是抄袭模仿，而是蕴含在泥泞的田间地头，在嘈杂的工厂车间，在百姓的喜怒哀乐，在日常的柴米油盐。我们要多想想人民期盼什么、喜欢什么、痛恨什么，真正把人民的心声表达出来。唯有此，才能永葆歌词的生命力。

二、要融入人民的情感

歌词同其他文学写作一样，都离不开情感的表达。情感是作者对客观事物的主观化反映，也是沟通作者与受众的桥梁。如果缺少情感的投入，那么创作出来的作品必然是冷冰冰、干巴巴的，很难引起人们的共鸣。

歌词作为一种短小精悍的抒情文体，之所以能够写出"人人心中有，人人口中无"的感受，关键在于它不仅能表达作者自身的小情感，也能站在某一社会群体的立场，传递出较为宽广而深刻的大情怀。"五四"以后，一批优秀的歌词在中国社会发展的各个不同时期，无不饱含着对民众的关切之情和对现实的人文关怀。抗战时期的歌词创作更是将个人的艺术追求与国家和民族的命运维系在一起，为挽救民族危亡、实现民族独立和人民解放振臂呐喊。

因此，当我们听《我的祖国》(乔羽词)时，能感受歌词以志愿军战士的口吻，唱出中国人民对祖国、对家乡的热爱之情；当我们听《当兵的人》(王晓岭词)时，能理解作者以从军经历出发，表达当代军人保家卫国的壮志豪情；当我们听《常回家看看》(车行词)时，能体会作品从寻常百姓的生活感受切入，抒发儿女对父母、晚辈对长辈的骨肉亲情。

聚焦新时代歌词创作，发现现在的歌词创作题材越来越宽泛，创作目的也越来越多样，人们在抒发情感和表达思想方面有了很大的自由空间，导致有些作品的个人化色彩太浓，有的还带有低俗、粗糙的负面情绪。从歌词的社会功能和传播使命来讲，歌词创作不能缺失为群体代言的特性，要始终坚持"为人民抒写，为人民抒情，为人民抒怀"。

习近平总书记指出："人民不是抽象的符号，而是一个一个具体的人，有血有肉，有情感，有爱恨，有梦想，也有内心的冲突和挣扎。不能以自己的个人感受代替人民的感受，而是要虚心向人民学习、向生活学习。"创作中我们要注意两点：一是要写出真情实感。真实是艺术的生命，艺术只有以情感人，才能取信于人。要有感于真实的生活，但又不能拘泥于生活的真实，要在生活真实的基础上按照生活的发展轨迹，提炼、加工、升华为艺术的真实。二是要处理好"小我"与"大我"的关系。在写"小我"的时候要有"大我"的意识，写"大我"的时候要有"小我"的情怀，既要防止只重"小我"的个性表达，又要避免只重"大我"的共性抒发。

三、要提炼人民的语言

歌词是一门语言艺术。相比于其他文体，歌词的语言要求通俗易懂，凝练晓畅，要使人们在较短的时间里，入耳即融，一听就懂。词坛泰斗乔羽曾说过："我不喜欢涂脂抹粉，喜欢直来直去的大白话。"品读他的歌词，会发现他的歌词大多语言平易朴实，言简意赅，淡而有味，浅而有致。他所说的"大白话"其实就是将生活化的口语提炼加工而成的。因此，歌词要想得到大众的喜爱，一定要在语言锤炼方面下大功夫。

进入新时代，中国文艺创作的语境已发生了很大变化，如何在继承优秀创作传统的基础上，探索满足新语境下人民更高层次的精神需求，已成为摆在新时代文艺工作者面前的新课题。以歌词而论，我们提倡遣词造句打破常规的语言习惯，融合信息化时代人民群众积极的表达方式，形成属于自己、符合时代的语言风格。

然而，受网络语言的影响，有的歌词为追求新奇的"陌生化"效果，堆砌一些不知所云的病句，违反了语言、诗词规范，令人费解。有的歌词存在浅俗的"口水化"现象，只为迎合市场的关注而选择一些概念化、程式化的词汇直白地宣泄，缺乏语言的美感。这都是不可取的。一首好的歌词，不在于有多少华丽的辞藻，也不是空话套话的拼凑，只有那些善于发现不同时期人民语言表达特点，并从中提炼而来的歌词，才能真正走进人民的内心。

《时间都去哪儿了》（陈曦词）在央视春晚上一经推出，便戳中了无数人的泪点。歌词的精妙之处，就在于它运用略加提纯的日常口语，道出了老百姓共同的心声。"时间都去哪儿了，还没好好感受年轻就老了""时间都去哪儿了，还没好好看看你眼睛就花了"，作者引导听众在叩问"时间"的过程中，感怀父母"生儿养女一辈子"、甘愿"一生把爱交给他"的无私和伟大。

四、要观照人民的审美

"以人民为中心，就是要把满足人民精神文化需求作为文艺和文艺工作的出发点和落脚点，把人民作为文艺表现的主体，把人民作为文艺审美的鉴赏家和评判者，把为人民服务作为文艺工作者的天职。"党的文艺思想始终把人民作为审美的中心，这就要求我们的创作要时刻观照人民的审美，通过对人民持久地、忠诚地观察，用美的创造带给人们美的想象和期待，引领时代风尚，推动社会发展。

当今时代，人们对文艺作品的质量、品位、风格等要求越来越高。歌词创作要坚持"以人民为中心"的审美视角，使其在语言、意境、意象、情志、理趣等方面发挥不同的美学效应，以塑造人民高尚的审美追求和审美境界。

一是要契合人民的审美需求。歌词的最终使命是要唱给大众，因此，在创作中不能过于留恋自我，迷失在个人的小天地里，而忽视了大众的感受；也不能为了迎合市场和感官刺激，放弃对于艺术水平的基本把握，影响人民的审美品质。时代变了，观念变了，我们应好好思考今天的人民有哪些新需求，而不能还用以前的惯性思维和表达方式去写作，那样会和人民的审美需求相脱节。

二是要引导人民的审美趋向。歌词同其他文艺作品一样，在引领社会风尚、教育引导人民、服务社会发展上发挥着积极作用。我们要通过歌词这一雅俗共赏的艺术形式，表现民族精神，讲好中国故事，讴歌爱国主义、集体主义、英雄主义，反映社会主义道德美、人性美和人情美，提升人民的审美情趣，引导人民坚持真善美，摒弃假恶丑，共同守护核心价值引领下的精神家园。

三是要消除人民的审美疲劳。长期从事文艺创作的人大抵都会有这样的体会，那就是创作时间久了，容易形成固定的模式和习惯。就歌词创作而言，往往跳不出老套的句式、高频的词汇和陈旧的意象，加上段式、韵脚、字数的限制，每首作品仿佛呈现出一种似曾相识之感，从而使听众产生审美疲劳。究其原因，还是缺乏创新意识。我们要力求在题材、立意、角度、语言等方面突破创新，既不重复别人，也不重复自己，让作品始终保持新鲜的美感。

总的来说，人民与文艺的关系是相互需要、密不可分的。正如习近平总书记在关于文艺工作重要论述中反复强调的那样："文艺创作方法有一百条、一千条，但最根本、最关键、最牢靠的办法是扎根人民、扎根生活。"

对于新时代歌词创作来讲，"扎根人民、扎根生活"就要真正把心沉下来，把身子俯下去，实实在在地去观察、感悟、研究、分析人民生动活泼的生活形态、思想感情、语言特点和审美理想，充分体现歌词的人民性，让歌词随着优美的旋律，走进人民的心中。这是时代的召唤，也是人民的期待，更是每一位文艺工作者坚守"以人民为中心"的初心所在。

注：此文发表于《戏剧之家》2021 年第 15 期。

浅谈中国新诗与现代歌词的审美差异

提要：20 世纪初，中国新诗与现代歌词相继出现。作为中国诗歌在新时期发展中的两种产物，它们有着许多相似点和共同性。然而，随着文学性和音乐性的对立的强化，新诗与现代歌词的差异变得日益显著，逐渐形成了各自不同的审美特征，成为中国艺术百花园中两株光彩夺目、奇异芬芳的艺术奇葩。

关键词：中国新诗 现代歌词 审美差异

中国是一个诗的国度。古往今来，在悠久深厚的华夏文明的润泽下，诗歌的发展犹如绵延不断的大河，奔流不息，源远流长。从先秦的《诗经》《楚辞》，到魏晋的乐府古诗，再到唐诗、宋词、元曲，历代杰出的诗词名家为我们留下了无数脍炙人口的名篇佳作。这些作品以其独特的艺术魅力，在中国大地上盛传不衰，历久弥新，成为我们丰富灿烂的文化遗产。可以说，中华诗词不仅是中国文明史的积淀，更是我们中华民族的自豪与象征。

一般来说，每个时代有每个时代的诗歌。进入 20 世纪，随着思想的解放和社会的变革，中国文学开始了从古典到现代的历史过渡，诞生了以自由为特点的新诗。与此同时，学堂乐歌的出现也开启了现代歌词的萌生与发展。分析两者的发展历程，我们会发现在某些时期它们呈现出你中有我、我中有你的交织状态。然而，由于新诗过多地强调它的文学性，而现代歌词突出表现它的音乐性，致使两者的距离逐渐拉大，其审美差异也变得更为清晰明朗。总的说来，差异主要表现在以下几个方面：

一、在创作的目的上，新诗越来越倾向于为抒发诗人"自我"情感所写，而现代歌词则更多地表现在为某一社会群体而歌。

新时期以来，随着文学界"创作自由"口号的提出，诗人不仅在"选择题材、主题和艺术表现方法"上有了"充分自由"，而且在"抒发自己的感情和表达自己的思想"方面也享有了"充分自由"。因此，在经过巨大变化后的新诗，其主流也逐渐开始走向"个人化写作状态"。诗人用自己的眼光审视周围的一切，将新诗的写作放置在自身生命体验的基础上，发出完全属于自己的声音。翻看这一时期的新诗作品，我们会清楚地感觉到它主流的群体意识在日益淡化，相反其主体意识与个性化特色却变得突出、显著起来。如我们常见诗中《致 XXX》一类的作品，多以抒发诗人个人情感为主。一般来说，诗人并不过多地考虑接受者，他们面向的是自己的内心世界，他所努力实现的是用怎样的方式来达到最大的表现"自我"的能力。

现代歌词作为面向大众的文学，始终以社会群体为主要服务对象，成为一群人或一类人的代言。歌词作者站在某类人的立场上观察世界，写的感情和体验不仅是每个词人个别的感受与独特的情感，还概括、表现了群体的、大众的情感，是个性与共性、特殊性与普遍性在审美形象中的交融与统一。试看《让世界充满爱》唱出了全世界乃至全人类的美好向往；《咱们工人有力量》展示了工人阶级昂扬向上的精神面貌；《我的中国心》抒发了海外侨胞对祖国母亲的赤子深情；《在那桃花盛开的地方》表达了战士心中深切的怀乡之情和崇高的责任感；《长大后我就成了你》饱含了人们对辛勤园丁的赞美与崇敬之情；等等。这样有着相同地位或相同经验的听众，就会深有同感，在歌声中找到自己的影子，继而产生共鸣，自然也会在那群人中间流传开来。这大概也就是为何现代歌词的受众者较新诗多的原因之一。

二、在语言机制上，新诗主张一种新异独特、曲折雅致的陌生化，而现代歌词则追求一种雅俗共赏、明白晓畅的通俗美。

高兰曾在《漫谈诗的朗诵》一文中指出："诗，它不仅是一种语言的艺术，同时又是一种艺术的语言。因此，这不仅必须靠语言来表现，而且还需要用非常艺术的语言才能完美地表现出它自己包含的全部含义，只是用一般的普通的语言那是不够的。"其实，在这一点上，新诗的读者更是深有感触。20世纪80年代以来，人们在接受新诗的过程中，普遍存在着同样的认知，即认为现在的新诗就阅读而言，存在着一定程度上的语言障碍，抑或有人干脆则说，现在的新诗根本就读不懂。透过这种直觉式的感受，我们不难发现，新诗作为纯粹的语言艺术，是以语言形象来诉诸人的视觉的，读者可在"仰而思，俯而读"的反复过程中，逐步理解、深化，直至领悟其中的内涵。俄国形式主义派代表什克洛夫斯基曾说过："艺术技巧在于使事物变得陌生，在于以复杂的形式增加感知的困难，延长感知的过程。因为艺术中感知过程就是目的，必须予以延长。"因此，为了增强诗语的曲折性、新奇性，以激发读者的阅读兴趣，新诗便大胆地突破了传统语言的方阵，将生活的语言进行充分提炼、纯化，在强调语言组合上的阻拒性的同时，达到一种深邃、含蓄、曲折甚至难解的陌生化的效果。因此，面对这样的新诗作品，就要求读者要具有一定的文化素质和相当的艺术修养。

现代歌词隶属于音乐文学的范畴，它是通过乐曲的演唱方式，来诉诸人的听觉的。它不可能像诗那样可以反复吟诵，用较长的时间来领会其内涵，它要使听众在较短的时间内，入耳消融，一听就懂，所以，歌词的语言有别于那些深奥难懂、曲折艰涩的诗家语，它必须是我们生活中经常听到的大众语言，要做到精练质朴、通俗晓畅。如《篱笆墙的影子》（张藜词）、《常回家看看》（车行词）、《同桌的你》（高晓松词）等。试想，如果歌词语言没有了这个基础，那么写出的歌词就会书卷气太浓，书画腔太重，不易于接受、传唱。罗大佑在谈到自己的歌词创作时指出："我宁可牺牲文学的深度，而要达到歌词清楚、明了，使观众一听就印入记忆，以后再听就会有响应。中国的文学已经抑扬顿挫得难以入歌了，如不注意口语化，过分堆砌词句，那简直是开观念的玩笑。"如此设身处地地为大众着想，必然会得到大众的回报。试看他的《是否》《童年》《真心英雄》等就是成功的例子。当然，追求歌词语言的通俗美，并不意味着要把作品写成大白话，顺口溜，让人感到平淡无奇，要使歌词既容易让人听懂又很有韵味，很有琢磨头，像乔羽先生提出的那样，"寓深刻于浅显，寓隐约于明朗，寓曲折于直白，寓文于野，寓雅于俗"。这是所有词作者倾注一生为之奋斗的目标。

因此，新诗与现代歌词语言机制的不同，也就为我们解释了为什么把歌词当诗来读的时候会觉得肤浅、无趣，而把诗谱成曲后演唱会感到别扭、臃肿。试看著名诗人余光中先生的两首诗。一首是《白玉苦瓜》，写对故国的情思，其中有这样几句："似醒非醒，缓缓的柔光里／似悠悠醒目千年的大寐／一只瓜从从容容在成熟／一只苦瓜，不再是涩苦／日磨月磋琢出深孕的清莹……"诗人用一只白玉雕成的苦瓜，来象征整个中国的文化和传统，然而，对这一主旨的领悟，却需经过一番反复体味、琢磨才能理解诗意，尤其像"大寐""深孕"这样的词语，很容易让听众产生误解，故而不宜谱曲演唱；而另外一首《乡愁》，用"小小的邮票""窄窄的船票""矮矮的坟墓"和"浅浅的海峡"四个新颖的比喻来抒发思乡的愁绪，取代了深奥难懂的语言，明白如话，一听即懂，具备了歌词所要求的通俗美，当然就会被作曲家谱曲而广为传唱。

三、在作品的合乐性上，新诗的创作采取的是一种自律、消极的态度，而现代歌词的创作则表现出一种他律、积极的行为。

音乐性原是诗歌语言的一种审美特性，诗的可诵性、可歌性，都要求音乐性。正如明代谢榛指出的那样，诗歌要"诵之行云流水，听之金声玉振"。其实，我们知道，在诗歌漫长的发展过程中，早期的诗与歌词是同一的，都是可读能唱的。但是，在新时期以来的巨变中,新诗已不再能唱了,它创作的真正使命就是为了供读者读或口头朗诵,因此,新诗的创作遂将主要精力集中在思想内蕴的深化和文字语言的讲究上,往往为了照顾文学性而削弱了音乐性,表现在内在结构,可以不受音乐的束缚,任自己的情感无拘无束地自由抒发,而表现在外在形式,可以不必押韵,可以毫无节制与规律地建行分节,甚至不加任何标点,再加上自由的体式和结构,使之缺乏一种抑扬顿挫的节奏感和音韵回旋的韵律美,看来不顺眼,读来不悦耳,堵塞了新诗通向音乐美的道路。

相对于新诗而言,现代歌词是一种歌唱性的文学,它要为谱曲演唱提供最初的文本。换句话说,"歌词是能唱的诗"。苏珊·朗格也曾说过:"衡量一首好词的尺度,就是它转化为音乐的能力。"因此,作为音乐文学,现代歌词必须兼具文学性和音乐性。正如曾宪瑞先生所说:"一首好的歌词,应当带有音乐特色的文学美和闪耀文学光彩的音乐美,集文学美与音乐美于一身,使之谱曲能唱,离曲能赏。"这就是说,从文学的角度来看,要求歌词灵活运用写作技巧和修辞手法,增加其文学内涵;而从音乐的角度来讲,则要求歌词在创作中要时时、处处为音乐着想,不论内在结构,还是外部形式,都要体现一种不可或缺的音乐素质,如我们常说的押韵、节奏、声调等因素。由此,我们也可以解释,为何像《祖国啊,我亲爱的祖国》(舒婷作)、《海的思念》(刘登翰作)、《阳光中的向日葵》(芒克作)等这些优秀的新诗如此感情充沛、意境深远,但不适于谱曲,而像《我爱你,中国》(瞿琮词)、《大海啊,故乡》(王立平词)、《月光下的凤尾竹》(倪维德词)等歌词虽然结构简单,语言通俗,却适于谱曲演唱,同时,也不失为一首好诗。人们常说,"好诗未必是好词,好词一定是好诗",也许有一定的道理。

当然,歌词的音乐性与文学性在某些方面是相悖的,如歌词的重复、反复与再现对于乐曲来说是必要的,但同诗家语的凝练精警是矛盾的。因此,词作者在创作过程中,要清楚歌词

与新诗的差异,均衡处理好音乐性与文学性的关系,以使它们取长补短,达到和谐、自然。

四、在题材的选择上,新诗越来越追求一种严肃性与深刻性,而现代歌词则呈现出一种多样性与时效性。

从新时期以来的不少新诗作品中,我们可以看到,以往反映、歌颂时代与社会的作品有所减少,用正面的态度去写一些凝聚人心、鼓舞斗志的作品也不多见,当然,像那些卿卿我我的爱情之作和那些琐屑的小题材也不是诗人所钟爱的,而过多地着眼于一些宏大的题材,运用刚性的话语和深邃的思维方式,使作品产生某种新异的冲击力。如《我是铜像》(张毅伟作),"我是无名的铜像 / 我站在这里 / 袒露我的一切 / 面对太阳 / 面对辽阔的世界 / 表达我的真诚……"作品以铜像为象征的载体,紧扣铜像的象征意义,循序渐进,先抑后扬地阐述历史,发表见解。特别是最后一段诗人以充满信心的口吻坚定地表白:"决不轻率地说 / 我已经死去",而要"在我最后的姿态里 / 还留着我执着的向往 / 因此,我活着 / 我站在这里"。由此,让读者在感受"铜像"精神的同时,坚定了信念,赋予了强烈的历史感、使命感和希望。类似地,《我们是一双眼睛》(牛波作)赋予了"眼睛"以深刻地人生意蕴:这是一双共创世界的眼睛,"景物分给我们一人一半 / 合起来才能组成完整的世界"。这是一双生命相结的眼睛,"一只眼睛陷入黑暗 / 另一只就要寻找两倍的光明"。这是一双灵犀相通的眼睛,"虽然我们永不相望 / 但却无时不在远方碰撞"。诗人在这双灵动的眼睛中,召唤着读者的伦理性关注和人格性感悟。

然而,新诗所弃的题材,正是现代歌词所坚守的。从对时代、祖国的深情颂歌,到对大好河山的激情讴歌,从雄壮的军旅歌,到缠绵的相思调,从豪迈的进行曲,到生活的小插曲,现代歌词的题材灵活多样,各领风骚。殊不知,随着传媒的社会化程度不断提高,现代歌词经谱曲演唱后,通过网络、广播、电视、唱片、音乐会等方式,已潮涌般地沁入我们生活中的各个角落,随时、随处都可以听到各种不同题材的作品,像《爱我中华》《同一首歌》《爱的奉献》《好日子》《家和万事兴》《时间都去哪儿了》《从头再来》《十五的月亮》《当兵的人》《你笑起来真好看》《吉祥三宝》等,都深受人们的喜爱。其中,数量最多的当数爱情题材的歌曲,如《月亮代表我的心》《涛声依旧》《知心爱人》《最浪漫的事》《两只蝴蝶》等,都被反复演唱,即使让人感到有些泛滥,也还是乐此不疲。同样,现代歌词的题材在选择上还带有很强的时代色彩,如《春天的故事》《走进新时代》《江山》《不忘初心》等主旋律的作品正是在特定的时期"应运而生"。在某些具有特殊意义的日子里,也会出现大量与之相吻合的纪念和庆祝歌词,如《党啊,亲爱的妈妈》《今天是你的生日,我的中国》《相约九八》《为了谁》《雾里看花》《西部放歌》《天路》《生死不离》《脱贫宣言》《再一次出发》等,更是家喻户晓,久唱不衰。

总的来说,作为现代社会与文化发展的产物,新诗与现代歌词虽然有着相似之处,但也在不断地发展和完善过程中,构筑了各自不同的审美特征。它们就像艺术百花园里两株并肩生长而又花色迥异的艺术奇葩,以其鲜活的魅力和醉人的艺术芬芳,永远给我们的生活带来美的享受。

参考文献:

[1] 苗菁.现代歌词文体学 [M].北京:中国文联出版社,2002:34-46.

[2] 许自强.歌词创作美学 [M].北京:首都师范大学出版社,2000.

注:此文发表于《艺术评鉴》2021 年第 4 期。

试论歌词创作"出新难"的症结与突破

词
咏
民
声

摘要:歌词创作难在出新。如何突破"出新难"的瓶颈是每位歌词创作从业者亟待思考和解决的问题。本文结合笔者的创作经验,分析当前歌词创作"出新难"的四个症结表现,并试着提出相应的突破对策,以期为探索歌词创作推陈出新提供积极的参考。

关键词:歌词创作 出新难 症结表现 突破对策

当今社会,每年仅发表的、出版的或经谱曲演唱的歌词,就有成千上万首之多。然而,真正能够留得下、传得开、唱得响的作品却是凤毛麟角。细看这些作品,其实也都比较完整,但为什么有的不能让我们留下深刻的印象,而有的却能让我们眼前一亮,瞬间抓住我们的心。

究其原因,我觉得作品能否"出新"是非常重要的参考指标。正如乔羽先生所言:"歌词最容易写,歌词最不容易写好。"这其中也包含着"出新难"这个问题。那么,当今歌词创作"出新难"的症结表现在哪里,有哪些突破的对策。本文结合自己的创作体会,谈几点感受。

一、症结表现

1.跟风雷同,缺乏个性

一般来说,一部优秀的文艺作品应当饱含作者鲜明的思想感情,应当具有较强烈的个性色彩。人们只有从中发现与众不同的闪光点,才会愿意去读、去听、去看。而如果一部作品,总让人感觉似曾相识,没有任何的独创性,自然不会激起人们的兴趣。不得不说,在当前歌词创作领域中也存在着平庸化、雷同化、浅表化的问题,导致很多作品千篇一律,毫无特色,面临着一出现就被淘汰的窘况。

前些年,草原风格的流行歌曲一度大热,像《我和草原有个约会》《套马杆》《我从草原来》等作品,让人们开始向往草原的美丽景色和无边无际的自由生活。当然,就有不少歌词作者把创作目光转向了草原,无论是否去过草原,都试着拿起笔书写对草原的向往和热爱。而创作中,并没有真正从成功的作品中悟到精髓,只是较生涩地把草原、毡房、牛羊、骏马等概念化的词汇植入歌词,认为就是草原风了。其实不然。因为,表现草原的特色不能只是表象的,我们需要以草原为依托、为切入点,写出它给予每个人的不同感受。试想,一个生长在草原的常住牧民和一个从未去过草原的外乡人,他们对草原的感情会一样吗?答案显而易见,感受是截然不同的。因此,创作不能盲目地模仿跟风,看到别人写什么火了你就去写,却往往只是效仿写出共性的那部分,而忽视了个性的理解和表达。

再如,2020年新冠肺炎疫情暴发后,一时间,全国上下涌现出大量鼓舞斗志、助力抗疫、讴歌英雄、颂扬大爱的主题文艺作品,充分体现出文艺工作者的责任担当,也彰显了文艺的力量。在歌曲方面,我们听到了像《坚信爱会赢》《你有多美》《爱是桥梁》《解放军来了》等风格不同、特色鲜明的优秀作品;但同时也看到了有些内容雷同、空泛、平庸的歌词,除了几句围绕"逆行""口罩""白衣天使"等字眼展开的语句外,没有发现特别有个性、有想法的句子。而作品《武汉伢》却吹来一股新风,它另辟蹊径,以武汉人的视角展开,串联起武汉的主要景点,描绘了武汉的风土人情,唱出了对家乡的热爱。特别是其中一句"如果有一天,她也需要我,搭把手,就过了",让我们听到超凡脱俗,属于自己的声音,让人瞬间感动得泪目。

2. 惯性思维,概念先行

所谓惯性思维,是指人们习惯性地因循以前的思路思考问题,好比物体运动的惯性。对于歌词创作而言,往往会有意无意地用以往的经验和思维方式去指导创作。当然,这样的好处

论文篇

是可以帮助我们在处理相似题材时,省去许多探索的步骤,节约不少思考的时间,但也常常会形成盲点,缺少一些创新或改变的可能性。

比如,我们在创作歌颂人民教师题材的歌词时,往往会被"人类灵魂的工程师""辛勤的园丁""春蚕""蜡烛"等概念化的表达,陷入一种固有的模式,导致作品不是与已有作品雷同,就是肤浅俗套,缺乏特质,让人们过目即忘。但是,宋青松的《长大后,我就成了你》则突破了以往的写法,通过小时候对老师的印象和长大后成为老师后的感受进行对比,将老师的形象生动地展现出来,让我们感受到了作者别出心裁的构思。这首作品之所以能够从众多同类题材中脱颖而出,是不无道理的。

同样,在创作军人题材的歌词时,不能只是习惯性地认为军人的职责是保家卫国,就一定要写出阳刚之美。其实,军人也是人,他们远离家乡,也有对家乡的思念和对亲人的牵挂。所以,王晓岭的《当兵的人》一经问世,就得到部队官兵的认同和喜爱,在社会上也是广泛传唱。原因在于它没有局限在以前的框架中,而是写出了"咱当兵的人,有啥不一样"的原因,也说出了"说不一样,其实也一样"的道理。如此用心的设计,让这首作品呈现出"不一样"的光彩。

歌词创作的思维惯性除了表现在创意上,还体现在词语的搭配、词性的用法及句式的结构上。通常,我们会按照传统的语法规范进行歌词创作。然而,方文山的歌词却有意打破日常生活中的约定俗成的词语搭配关系,通过语言的重组、变形、错位、倒装等方式,给人耳目一新的感受。按他自己的话说,就是"拆解语言使用的惯性,重新浇灌文字重量,赋予其新的意义,编织出新的质地"。试看他的《千里之外》,"一身琉璃白,透明着尘埃,你无瑕的爱"。这里的"透明"将形容词用作动词,"你无瑕的爱"与"透明着尘埃"构成了主谓倒装;再比如《东风破》一词,"一盏离愁孤单伫立在窗口,我在门后假装你人还没走",这一句中他将名词和量词做了错位搭配,用具体的数量短语来修饰抽象名词。一般情况下,我们会用"盏"来修饰灯,而这里却用来修饰"离愁",让人顿觉新颖。方文山的词作中,类似的词类活用现象还有很多,分析这些非常规的用法,对于打破常规的思维惯性,有一定的借鉴意义。

3. 意象老旧,落入俗套

我们所说的意象是指客观物象经过创作主体独特的情感活动而创造出来的一种艺术形象。意象在歌词创作中的运用,能起到了托物言志、借景抒情的作用,可赋予作品较丰富的情感色彩和思想内涵。

然而,在实际创作中,我们极易陷入一堆常见的意象群中,难以跳出。如:在写到祖国时,常会选取黄河、长江、长城、昆仑等意象;在抒发思念之情时,常会选取月亮为意象;在送别朋友时,常用柳、长亭作为意象……然而,这些意象如果反复用,势必会让人产生审美疲劳,也会使作品在新颖度上大打折扣。通常来说,物象与意象之间的关系是不对称的,即一个物象可以传达出多个寓意,而一个寓意也可以由多个物象来表现。因此,我们在歌词创作中要尝试开掘新的意象,传达新的寓意,做到俗中生新、熟里见巧。

在这一点上,张藜深谙其道,为我们留下了许多成功的例子。品读他的歌词,我们不难发现,他善于抓住日常生活中与老百姓息息相关的事物,巧妙地赋予其新意,达到既熟悉又陌生的审美效果。他在《命运不是辘轳》一词中写道:"女人不是水,男人不是缸,命运不是辘轳,把那井绳缠在自己身上。"词中的水、缸、辘轳、井绳都是农村常见之物,但张藜突破了寻常的意象,把任人摆布的女人比作是缸中之水,只能依附于男人;辘轳和井绳则寓意人的命运被传统陈旧的观念所束缚,形象贴切,蕴含哲理。再如,他在《苦乐年华》一词中一连用了八个意象,分别从不同的角度和感受,表现了生活的酸甜苦辣和人生的苦乐交加。他把生活比作"一团麻",说明生活的烦恼,又用"那也是麻绳拧成的花",喻指生活的美好。这些本是平时常见

论文篇

的意象,但却与寓意对象之间建立了新奇的联系,使歌词新颖脱俗、意味深长。

在反映精准扶贫题材的作品中,有一首作品叫《山杏花开的时候》(杨玉鹏词),通过对"山杏花"这一意象的塑造,象征进村的扶贫干部,为群众修路架桥,并通过发展山杏果产业,帮助农民脱贫致富。第一段这样写道:"看见你走来的时候,山杏花正开满枝头。"此时的"山杏花"已由眼前的物象,形成"你"进村扶贫给当地群众带来脱贫希望的意象。而第二段写道:"看见你走来的时候,山杏果刚好又熟透。"此时的"山杏花"已结出"山杏果",寓意实现了脱贫,村民的生活像"山杏花"一样美好,像"山杏果"一样甜蜜。这首歌词的意象选取新颖、贴切,生动地表现了主题,收到了点石成金、事半功倍的效果。

4. 角度不新,开掘不深

"角度"一词,来源于绘画、摄影。亚历山大·罗德钦科曾说过:"一个人必须采取几种不同的镜头视角,一个主题应该从不同的角度和在不同的情况下去观察和体验,而不是用同一个视角去观看。"毋庸置疑,角度的选取对于艺术创作是非常重要的。歌词创作也是一样,角度不同,效果也会不同。尤其对于同类题材的创作,角度选得好不好,决定了作品能否出新,能否吸引大家的眼球。留意一些成功的、能给人们留下深刻印象的作品,会发现它们大多会有一个新颖独特、不同凡响的角度。

创作中,思念故乡的歌词作品很多。若按常规的写法,可能会是这个样子:"朝思暮想的地方,那里是我的故乡。杨柳青青,槐花飘香,年年伴随我成长。炊烟袅袅,小河流淌,留下多少好时光。啊,故乡,无论我身在何方,都会把你守望。"很显然,这样四平八稳的写法,难以抓住大众的心。然而,我们来看晓光的《那就是我》,一定会被它的新颖角度所吸引。"我思恋故乡的小河,还有河边吱吱歌唱的水磨。噢,妈妈,如果有一朵浪花向你微笑,那就是我。我思恋故乡的炊烟,还有小路上赶集的牛车。噢,妈妈,如果有一支竹笛向你吹响,那就是我……"

作者用了一连串的意象,构成了四幅最常见、最朴实的故乡风景画,通过"一朵浪花""一支竹笛""一叶风帆""飘来的山歌"把个人与故乡建立起联系,营造出新颖的思乡意境,给人一种独特的思乡体验,不得不说角度选得精巧。

再如,孟广征的那首《我热恋的故乡》让我们惊奇不已:"我的故乡并不美,低矮的草房苦涩的井水,一条时常干涸的小河,依恋在小村周围。一片贫瘠的土地上,收获着微薄的希望,住了一年又一年,生活了一辈又一辈……"试想,我们写故乡一般多选择正面描写,而这首歌词却着眼于"我的故乡并不美",道出了记忆中的故乡是"低矮的草房""苦涩的井水""干涸的小河""贫瘠的土地"等如此贫困落后的面貌。到末段笔锋一转,写到"哦,故乡,亲不够的故乡土,恋不够的家乡水,我要用真情和汗水,把你变成地也肥呀水也美呀"。这样既出乎意料又在情理之中的切入角度,让我们感受到作者对故乡陈旧面貌的焦灼心情和憧憬故乡有个美好未来的真挚情怀。如此神来之笔,应归功于角度选得新。

选好角度的同时,也是对主题更深层次的开掘。如乔羽的《黄果树瀑布》一词,并没有为写景而写景,而是用黄果树大瀑布讲述了一个深刻的道理:"人从高处跌落,往往气短神伤。水从高处跌落,偏偏神采飞扬……人有所短,水有所长。水,也可以成为人的榜样。"值得我们细细体味。

二、突破对策

针对以上列举的一些"出新难"的症结所在,笔者认为应该从四个方面着手解决。

1. 深入生活,扎根人民

生活是艺术创作的源头活水。生活原本就是丰富多彩、充满喜怒哀乐的,那么,反映到文艺作品中也应该是绚丽多姿的。因此,我们只有走出书斋,走进火热的生活,扎根人民的土壤,才能看到最鲜活的场景,才能听到最质朴的话语,才能捕捉到最丰富的信息,进而找到"人人心中有,人人口中无"的出新点。正如习近平总书记在关于文艺工作重要论述中反复强调的那样："文艺创作方法有一百条、一千条，但最根本、最关键、最牢靠的办法是扎根人民、扎根生活。"如果没有深入生活，扎根人民，那我们的歌词创作就难以摆脱惯性思维的桎梏，难以创造出与众不同的审美效果。

2. 加强学习，苦练内功

朱光潜曾说过："有些年轻人是不学而求创造。"意思是说，只热衷于写而不重视学，是不可取的。歌词虽然字数少，篇幅小，但却蕴含着大量的信息和深厚的文化内涵。写好一首歌词，绝非是表现出来的百余字那么简单，它需要有深厚的文学底蕴和文化背景。因此，对于从事歌词创作的人来说，一定要多学习，不仅要学习中国优秀的传统文化，还要学习民间的文学精华，更要不断地从生活中、从大师的经典作品中汲取营养，提升文学品位和音乐素养，为歌词出新做好充实的知识储备。

3. 锤炼语言，多写多练

歌词是一种听觉艺术，也是一种语言的艺术。解决歌词创作"出新难"的问题，锤炼语言是关键。我们都知道，歌词的语言要求通俗易懂，精练流畅，让人们在较短的时间里一听即懂。因此，这就要求我们要重视语言的锤炼，通过词语、句子、句群的锤炼和各类修辞手法的灵活运用，增强语言表达的功力，多写，多练，多积累，多总结。

4. 感受音乐，放开想象

想象是艺术创作绝对不可缺少的因素。因为欣赏者总是期待着新奇的作品出现，所以艺术家的想象力要超出欣赏者并付诸实践。我们的歌词如果缺少想象，就会失去灵性。通过赏析像《我和我的祖国》《天之大》等这样填词的优秀典范，会发现依曲填词不失为一个打开想象翅膀的捷径。因此，我们不妨多听听音乐，在旋律的起伏流动中，在具象、印象、抽象的基础上，根据自己的想法，展开充分的想象，为歌词主题内容提供一种新的解读，进而使作品出新出彩。

艺术创作是一项富于智慧和情感的创新性实践活动,每一次艺术创作都是一次创新的过程。歌词创作唯有推陈出新,才能使作品拥有长久的生命力。作为歌词创作从业者或爱好者,我们要坚持"以人民为中心"的创作导向,积极探索突破"出新难"的技巧和方案,用心用情用功地投入创作,力求每一首作品都能闪耀出新颖独特的光芒。这是我们的使命,也是我们的追求。

参考文献:

[1] 许自强. 歌词创作美学 [M]. 北京:首都师范大学出版社,2000.

[2] 张藜. 音乐里的文章事:张藜谈歌词创作 [M]. 北京:中国民主法制出版社,2009.

注:此文发表于《黄河之声》2021 年第 6 期。

"群星奖"获奖作品对
歌词创作的启示与思考

摘要:"群星奖"作为群众文艺领域政府最高奖项,具有文化精品的艺术特质,对文艺创作起到了良好的导向和带动作用。本文着重就"群星奖"获奖作品对当前歌词创作的启示与思考,从题材选取、艺术开掘、时代内涵、审美特征等方面加以阐释。

关键词:群星奖 歌词创作 启示

"群星奖"是文化和旅游部为繁荣群众文艺创作,推出优秀群众文艺作品,促进群众文化事业繁荣发展,提升全民文化艺术素养,激发全民族文化创造活力而设立的国家文化艺术领域政府最高奖,每三年一届,在全国具有广泛影响。"群星奖"至今已举办了十八届,在近30年的时间里,推出了一大批优秀的群众文艺作品。这些作品内容题材丰富,形式短小精悍,表演诙谐生动,艺术水准精湛,带有浓郁的生活气息和时代特征,呈现出鲜明的民族风情及地域特色,对我国群众文艺作品的创作方向具有很好的引领作用。

歌词作为一种独特的文学体裁,与音乐、舞蹈、戏剧、曲艺、美术、书法、摄影等其他门类同属艺术范畴。虽说专业不同,但隔行不隔理,彼此在艺术创新、情感表达、审美特征等方面有着诸多相通之处。近年来,一个个鲜活生动、独具匠心的"群星奖"获奖作品在记录时代脉搏、表达人民心声的同时,也对歌词创作起到良好的启示和借鉴意义。

启示一:接地气才有生命力

生活是艺术创作的源泉,艺术创作的灵感来源于生活。用当下的流行语来说就是文艺创作要接地气。实践表明,艺术家只有善于接地气,深入现实生活的一线,亲吻时代生活的泥土,才能撷取时代最感人的脉动和最沁人心脾的芳香。否则,作品终会因缺乏生活的养分而枯竭。

在第十届"群星奖"戏剧门类作品决赛期间,不少观众看过演出后给出了这样的评价:"这些戏贴近百姓日常生活,看着舒心!"的确,像江苏选送的锡剧小戏《丫丫考0分》讲述了一个成绩优异的小女孩丫丫,为了见到长期在外打工的妈妈,故意考0分的故事,反映出当今打工时代留守儿童对家人的思念之情。因为它的真实,贴近现实生活,所以让许多观众感同身受,流下了感动的泪水。

舞蹈门类历来是"群星奖"评奖活动中异彩纷呈、佳作频出的重要艺术门类,其中就不乏接地气的优秀作品。舞蹈《海英和她的妈妈们》是以孝老模范赵海英为原型创编的作品,真实感人,质朴无华,连演员们都说她们是在演她们自己,因为她们中很多人都是上有婆母下有儿媳,她们把对生活、对孝道的理解融进了舞蹈作品,感动了自己,也感动了观众。再如,舞蹈《扫街》取材于普通的环卫工人的日常工作,用大扫帚为道具,通过真实的环卫工人和演员的融合表演,讴歌了新时代环卫工人为清洁家园不怕脏累、默默付出的美好情怀。这也体现了近年来国家对"群星奖"参赛作品的要求,即:小投入、小制作、有生活、接地气,小作品、大情怀,讴歌真善美,传递正能量。

诸多成功的作品,一次次告诉我们文艺创作要深接地气,才会有旺盛的生命力。歌词创作同样如此,如果缺乏生活,不了解生活,对生活的本质抓不住、抓不准,只是闭门造车,跟风模仿,要写也只能写些皮毛的东西,结果只是来得容易,消逝得也快。正如鲁迅曾经说过:"必须如蜜蜂一样,采过许多花,这才能酿出蜜来。"

论文篇

试看歌词《常回家看看》，之所以感动着中国亿万老百姓，成为家喻户晓、传唱不衰的经典作品，就在于它唱出了人们最想说的话。歌词中"妈妈准备了一些唠叨""爸爸张罗了一桌好饭""生活的烦恼跟妈妈说说""工作的事情向爸爸谈谈""哪怕给妈妈刷刷筷子洗洗碗""哪怕给爸爸捶捶后背揉揉肩"，这些看似平白如话的歌词，却是源于内心、见于生活的表达，我想，不论是作为父母，还是身为儿女，都会从中找到属于自己的情感共鸣。

启示二：角度新才有吸引力

艺术的生命在于创新。唯有创新，才能个性鲜明、特色独具，而不至于相互雷同。今日词坛，从业者甚多，每天都有数以千计的歌词产生，但有的作品有翻而不新之感，甚至人云亦云，这就难免会使歌词创作产生徘徊不前的局面。"群星奖"舞蹈类获奖作品《回娘家》是一个男子群舞，采用山西民间社火中划旱船的造型和动作，借用艺术表演中反串的手法，巧妙地处理舞蹈中的角色，运用拟人化表演，讲述了一群小鸡在鸡妈妈的带领下回娘家的故事。作品一改以往人们对回娘家的认识，凭借新颖的角度脱颖而出，最终夺得金奖。

对于选取新的角度，美术、摄影作品也给了我们不少启发。比如，同是名山胜水，自古至今，以其为题创作的作品不计其数，然而，大凡名作佳品，却不会如出一辙、全然相似。这就是因为不同的角度、不同的构图以及与此相随的手法、风格、色彩等差异，使其各具特色。如李元奇的摄影作品《俺们家的人》将镜头聚焦在一处张贴有几代国家领导人画像的广场，用独特、新颖的视角表达了人民对国家领导人的崇敬与爱戴之情。

谈到歌词创作，选好角度也是一首歌词能否出新、出彩的重要因素。这就需要我们沉下心来，从歌词的构思、立意、布局、语言等多个方面入手，寻求有新意的、有个性特色的切入角度，让作品焕发出迥然不同的别样风采。

歌曲《土豆花儿开》（杨玉鹏词）曾荣获全国打工歌曲创作

大赛金奖。单从题目来看，这首歌词似乎与打工主题没有什么联系，然而，细看歌词，会被作者新颖而巧妙的切入角度叫绝。歌词以"这个季节的老家，土豆花儿开，一垄连着一垄，铺成紫色的海"开篇，为描写外出打工者思念家乡埋下了伏笔，接着以"媳妇她守着家，忙里又忙外，盼着那好收成，等着我回来"承接，用"土豆花"在"我"和媳妇之间建立起一种"等""盼"的情感脉络。第二段将视角拉回到"这个季节的城市，也有土豆卖，一个大过一个，是咱最爱的菜"，料想"会不会有哪个，是她亲手栽，吃到了嘴里面，暖着咱胸怀"，如此神来之笔，让打工者最质朴的思乡情结展现得自然贴切。副歌部分更是以"土豆花儿又开，迎着风儿摆，是她挥舞着头巾，远远在等待"，"土豆花儿又开，一年又一载，出门在外的人儿，其实最懂爱"，将主题升华。可见，一个大家都在写的打工题材的作品，却因为作者的匠心独运，借用"土豆花儿开"这一意象，打开新颖的切入点，呈现出独具特色的艺术效果。

启示三：主旋律与多样化融合

高扬时代主旋律是文艺创作者孜孜以求的，然而主旋律又不是作品表现的唯一，因为丰富多彩的社会生活和地域风情，决定了文艺创作还应提倡多样化。早在"群星奖"设立初期，许多从事群众文化的认识与创作，往往停留在一般地普及与提高上，没有深入地研究文艺精品的特征，还有的人把所谓的"主旋律"作为"群星奖"的主要特征。于是，眼睛盯住所谓大题材、大题目，结果创作的作品脱离了民族文化和传统文化的土壤，忽视了浓郁的地域特色，缺乏强烈的吸引力和感染力。

近年来，我们发现"群星奖"获奖作品在坚持社会主义文艺政治方向的同时，更注重从艺术语言探索的角度出发，通过多样化的题材、形式、手法、风格去表现思想和精神。那些洋溢着浓郁的生活气息，塑造着鲜明的人物形象，蕴含着深刻的人生哲理的文艺作品，彰显了独特的艺术魅力，满足了人们多元的审美需求，引领了积极向上的时代风尚。像第十八届"群星

论文篇

奖"获奖作品鼓乐合奏《保卫娘子关》,是一个革命历史题材的作品,通过鼓乐合奏的表演形式,变得更加鲜活生动。作品以武迓鼓的音乐素材为基础,通过演员们敲、舞、演的有机融合,再现了中国共产党领导的八路军在娘子关抗击日寇侵略者的英勇事迹。评委组长熊纬老师曾这样评价这个节目:"艺术创作有高度,策划创意有个性,拟人化的表演很别致,扣人心弦。"再如表演唱《打银锁》,汲取了民间银器制作技艺、少数民族婚俗等内容为创作元素,以民间对歌的形式为载体,展示了新一代青年传承民间工艺、用勤劳的双手改变山村面貌的情景。在表现手法上,融合了民间歌谣、民间舞蹈和民间打击乐等元素,既突出了主旋律,又体现了多样化。

就题材而言,主旋律的作品多以表现革命历史、现实生活的主题性创作为主,多样化的作品则可以更宽泛地表现生活的各个层面。如第十六届"群星奖"获奖作品中舞蹈《新居》,表现了人们乔迁新居时的兴奋以及邻里相处时的摩擦和谅解,折射出城镇化建设大潮中人们的情感世界,具有较强的时代冲击性。还有像表演唱《一条叫作"小康"的鱼》《亮花鞋》、器乐合奏《班务会》《山东梆子腔》,舞蹈《老两口的菜地》《阿婶合唱团》《快递小哥》,小品《亲!还在吗》《看见自己》等作品,都通过平凡的题材、细腻的情感汇聚起生活的思考和人生的哲理,闪耀着民族特色和时代光华,同时,也让我们对主旋律的多样化有了重新的认识和理解,这对歌词创作大有裨益。

歌曲《小村微信群》(许会锋词)是第十五届精神文明建设"五个一工程"奖获奖作品。其歌词围绕当今社会较为流行的"微信群"展开,生动地描绘了小康路上村民们通过开网店、建果园、搞养殖、种大棚蔬菜实现脱贫致富的幸福场景,展现了新时代农民对美好生活的向往。应该说,这是一首反映当前农村脱贫致富的主旋律作品,但却饱含着强烈的生活气息和时代特色,在主旋律与多样化方面做了较好的融合。

启示四:计白当黑妙不可言

所谓"计白当黑"就是绘画当中的留白。古人作画留白,给观画者以神思的空间,使作品达到意境延伸的广度,看似留白,实着有意,"恰是未曾着墨处,烟波浩渺满目前"。在历届"群星奖"美术类获奖作品中,有不少计白当黑的成功典范。其实,有些舞蹈作品也通过对舞蹈动作、舞蹈调度及舞美的留白式处理,拓展了看不见的空间和意蕴,使作品在意境上趋向于言有尽而意无穷的境界。作为歌词创作,同样也需要留白。

当代词作家吴善翎提出:"歌词不能写得太满,没有空间就会窒息。"一首歌词,寥寥百余字,决定了它不可能大幅渲染、面面俱到,要注意留有空间,一是为营造意境,留给听众联想的空间,体现出"此时无声胜有声"之妙;二是给作曲家的旋律留下补充表达未尽思绪的空间,不至于使听众产生臃肿不堪、密不透气的之感。

词坛泰斗乔羽的词作大多是一段体,词虽不多,但意韵丰富,给音乐和想象留有"最宽广的加工余地",让人听之有意,品之有味。如《思念》一词,并没有过多的停留在对朋友思念之情如何深切的描写,而是通过一只小小的"蝴蝶飞进我的窗口",将其比作亲密的朋友飞到"我"身边,带给"我"喜悦,却又"匆匆离去","把聚会当成一次分手",让"我"陷入深深的思念之中。正是这种清新俏丽的"留白",让"思念"这一主题在心中轻松地飞起来。

再如新疆民歌《在那遥远的地方》:"那遥远的地方有位好姑娘,人们走过了她的帐房,都要回头留恋地张望。"这里所说的"遥远的地方"并没有指明是哪里,距离有多远,"美丽的姑娘"也没有表明是怎样的容貌。然而,正是这种"留白"的创作技法,拓宽了歌词的言外之意,给了作曲以广阔的想象空间,一幅唯美且充满诗意的图画任由听者展开丰富的遐想。

在学习歌词创作的初期,往往存在一种误区,认为要增加歌词所谓的"厚"度,遂将该说不该说的话都说尽,一段少则再

论文篇

拼凑一段或是两段，最终变成了繁杂、冗长的文字堆砌，犹如拖沓、沉重的"躯体"。如此一来，音乐的"翅膀"怎么载动使之飞起，听众的"耳朵"又能否承受得起庞杂的记忆量。

一首好的歌词之所以让听众喜欢听、记得住、传得开，绝不是靠字数多而取胜，而是通过修辞的运用、意象的塑造和意境的渲染等手段，用留白的技法带给听众歌词之外回味不尽的艺术魅力。歌曲《好大一棵树》（邹友开词）选取了"树"的意象，字面上是在描写树的坚强达观、无私奉献的精神和品格，但其实是在歌颂像树一样具有高贵精神和品格的人。然而，究竟是老师、父母，还是领袖、英雄，作者并没有说明，而是用树的意象带给听众以思想上的留白，让听众在想象中找到共鸣。

因此，在我们看来，"留白"是艺术创作中的一种重要的表现手段，也是一种智慧、一种境界。如何恰到好处地运用于歌词创作中，需要我们不断地思考和探索。

"群星奖"作为群众文化的最高奖项与最高荣誉，不仅拥有广泛的群众性，也具有文化精品的艺术特质。"群星奖"获奖作品大多清新活泼、形象生动、富有生活气息，体现了思想性、艺术性、观赏性的有机结合。

近年来，随着时代的发展和文艺的创新，"群星奖"比赛更是以扎根生活、贴近群众的特点，在社会上产生了较大的影响，也对文艺创作起到很好的导向和带动作用。让我们透过"群星奖"获奖作品，发现艺术创作方面更多的规律与启示，并尝试运用于歌词创作中，努力在作品质量、艺术创新、审美特征上下功夫，让更多优秀的歌词作品像"群星"般闪烁在时代的天空、人民的心中。

注：此文荣获全国群众文化音乐创作理论研讨比赛一等奖，发表于《文艺生活》2020年4月刊。

浅谈歌词创作中的意象塑造

摘要：古今中外，意象塑造在文学创作中发挥着重要的作用。歌词创作中，重视意象的选取、组合及塑造，可有助于打开歌词创作的突破口，增加作品的美感，提升作品的意境，丰富作品的意蕴。

关键词：歌词创作 意象 塑造

歌词作为歌曲的文学部分，伴随着音乐的流动，越来越引起人们的关注。然而，在或听或唱之中，也许会有这样的感受，为什么有些歌词看似写得简单，但却寓意丰富，耐人寻味，让人听之爱之，而有些歌词看似也下了很大功夫构思，甚至绞尽脑汁遣词造句，但却直白肤浅，索然无味。

原因何在？笔者认为，这涉及歌词创作很多方面的因素，但有一点值得我们在创作中多加体会，那就是意象的塑造。所谓意象，是指客观物象经过创作主体独特的情感活动而创造出来的一种艺术形象。《周易·系辞》写道："书不尽言，言不尽意，圣人立象以尽意。"意象，其实就是寓"意"之"象"，将主观的"意"和客观的"象"结合，成为融入作者思想感情的"物象"，是赋予某种特殊含义和文学意味的具体形象。意象的运用在诗歌创作与鉴赏中较为常见，它可以赋予诗歌较丰富的情感色彩和思想内涵，那么，对于歌词创作来说，塑造好意象也同样能起到点石成金、事半功倍的效果。

一、通过意象的选取，打开美感之门

阅读中国古典诗词作品，不难发现，一首诗有无诗味，说到底是看这首诗有没有优美巧妙的意象。客观物象是艺术意象的基础和起点。对于歌词来言，意象的选取也会为歌词的创

论
文
篇

作提供较为广阔的想象空间。我们常说,生活乃艺术之源,创作灵感来自于生活中的点点滴滴,一棵树、一条河、一轮明月等等,都可以成为我们创作的灵感来源。因此,我们要善于捕捉生活中可听、可看、可触摸,且与自己想要表达的情感有关联的物象,试着融入内心,找到物象与情感的契合点,形成意象,构成行文的线索,有助于开启歌词创作的美感之门。正如清代郑板桥把画竹的过程分为"眼中之竹""胸中之竹""手中之竹"三个阶段,正是通过生活的体验、艺术的构思、作品的表现实现意象的捕捉和形成,进而完成艺术创作的过程。

"听见中国听见你"2017年度优秀作品中,有一首精准扶贫题材的歌曲《山杏花开的时候》(杨玉鹏词),就是通过对"山杏花"这一意象的选取,象征扶贫干部走进贫困村,为群众修路架桥,并通过发展山杏果产业,帮助农民脱贫致富。第一段这样写道:"看见你走来的时候,山杏花正开满枝头。你走出一条路,一直通到村口。村口长着山杏树,不知开过多少春秋,今年花儿格外香,花香扫去几多愁。啊,山杏花开的时候,是你赶着春天在走。"此时的"山杏花"已由眼前的物象,形成"你"进村扶贫给当地群众带来脱贫希望的意象。而第二段用"看见你走来的时候,山杏果刚好又熟透",此时的"山杏花"已结出"山杏果",寓意实现了脱贫,村民的生活像"山杏花"一样美好,像"山杏果"一样甜蜜。整首歌词将"山杏花"这个意象贯穿全篇,让主题表现更为鲜活生动,避免了那种浅显、直白的口号式、概念化表述,自然与众不同。

当然,意象的选取也应该跳出常规的思维定式,不能一说到思念就与明月关联,一写到中国,就用长城、黄河表现,要努力寻找那些鲜为人知的新意象,那些寓意丰富且能统领全篇的典型意象,让意象语义得到新生,为歌词创作寻找新颖的视角。像张藜的《我和我的祖国》,同样是写祖国的作品,但他却选取了大海与浪花的意象,将"我的祖国和我"比作"海和浪花一朵",接着把对祖国的热爱和依恋,用"浪是那海的赤子,海是那浪的依托，每当大海在微笑，我就是笑的旋涡，我分担着海的忧愁，分享海的欢乐"简洁而生动的语言诠释出来，比起直来直去的表达，自然就多了一份灵动和美感。

二、通过意象的组合，建构不同意境

许自强教授在《歌词创作美学》中指出："意象组合可以改变意象线型流动造成的平面感，产生立体交叉的审美效果。"从众多优秀的名篇佳作可以看出，多个意象的组合，也是构成意境的重要元素和途径。我们读马致远的《天净沙·秋思》，全曲仅5句28个字，却通过"枯藤、老树、昏鸦、小桥、流水、人家、古道、西风、瘦马、夕阳、断肠人"等一组意象的并置组合，营造了一种游子羁旅漂泊、途中悲凉而凄苦的意境。由此看来，意象与意境是相通的，是统一的，意象是意境的前提，而意境是意象的升华。作者营造怎样的意象，会呈现出怎样的意境，自然会给听众带来怎样的情感共鸣。

晓光的《那就是我》是一首以意象组合烘托意境较为典型的作品。这首歌词分有四段，每一段都选取了三个意象：不论是泛起浪花的小河、吱呀转动的水磨，还是炊烟升起，竹笛声中走来的牛车；不论是捕鱼生活中的渔火和风帆、拣拾海螺的嬉戏，还是明月、青山在水中的倒影，这一系列意象的并列式组合，构成了四幅最常见，也最朴实的故乡山水画，自然而然地把我们带入了到思乡的意境。值得注意的是，这些意象的组合，也并非机械地拼凑，而是用"那就是我"这条情感的红绳贯穿起整个意象。这也说明了为什么这首作品能够在众多思乡作品中脱颖而出，被大家所喜爱，其中意象的巧妙组合值得我们学习借鉴。

多个意象的组合，彼此之间的关系可以是并列，也可以是对比式组合。不论以哪种方式组合，都要围绕同一个主题，最终为营造意境而服务。如河北民歌《回娘家》的歌词，第一段写道"身穿大红袄，头戴一枝花，胭脂和香粉她的脸上擦，左手一只鸡，右手一只鸭，身上还背着一个胖娃娃"，通过大红袄、

花、胭脂、香粉、鸡、鸭、胖娃娃等意象，刻画了一幅农家妇女欢欢喜喜回娘家的场面。后面的段落用同样的意象做了不一样的处理，通过"淋湿了大红袄，吹落了一枝花，胭脂和香粉变成红泥巴，飞了一只鸡，跑了一只鸭，吓坏了背后的小娃娃"的描写，表现了遭遇大雨后的窘况，前后的意象通过对比式组合，让作品充满了生活情趣，营造了诙谐幽默的意境。

三、通过意象的塑造，表达言外之意

歌词是一种短小轻便的文艺形式，它不像小说那样可以宏大叙事，也不像诗歌、散文那样自由地抒发，歌词要在短短百余字的篇幅里，塑造一个完整的世界，这就要求歌词做到言简意赅，意境深远。除了锤炼语言表达能力外，通过意象的塑造，也可有效地拓宽歌词所表达的思想内涵，达到言近旨远、耐人寻味的效果。

试看张藜的歌词《苦乐年华》："生活是一团麻 / 那也是麻绳拧成的花 / 生活是一根线 / 也有那解不开的小疙瘩呀 / 生活是一条路 / 怎能没有坑坑洼洼 / 生活是一杯酒 / 饱含着人生酸甜苦辣 / 生活像七彩缎 / 那也是一幅难描的画 / 生活是一片霞 / 却又常把那寒风苦雨洒呀 / 生活是一条藤 / 总结着几颗苦涩的瓜 / 生活是一首歌 / 吟唱着人生悲喜交加苦乐年华。"作者借助一连串的意象，形象地解读着生活中的苦与乐，那么究竟为什么生活像"一团麻""一根线""一条路""一杯酒"，我想，每位听众都会在心中对应着自己的答案，而这也远远超出了语言本身，使歌词的内涵更加丰富，更加意味深长。

再如邹友开的《好大一棵树》："头顶一个天 / 脚踏一方土 / 风雨中你昂起头 / 冰雪压不服 / 好大一棵树 / 任你狂风呼 / 绿叶中留下多少故事 / 有乐也有苦 / 欢乐你不笑 / 痛苦你不哭 / 撒给大地多少绿荫 / 那是爱的音符 / 风是你的歌 / 云是你脚步 / 无论白天和黑夜 / 都为人类造福 / 好大一棵树 / 绿色的祝福 / 你的胸怀在蓝天 / 深情藏沃土。"这首歌词以大树为意象，字面上是在描写树的坚强达观、无私奉献的精神和品格，其实是在歌颂像树

一样具有高贵精神和品格的人。但凡听过这首歌的人,心中都会矗立起一棵高大的树。这棵树可以是传授我们知识的老师,可以是生养我们成长的父母,也可以是鞠躬尽瘁、造福人民的领袖,还可以是给我们幸福和尊严的祖国。每个人对大树这一意象的不同解读,让这首歌词拥有了语言之外回味不尽的艺术魅力。

意象是中国传统美学的核心范畴,也是一部艺术作品的基础和灵魂。意象创造既可打开歌词创作美感之门,也可以使歌词呈现出更多的、个性化的色彩,使情感的表达更加生动传神。因此,如何选取、组合、塑造意象,是歌词创作从业者提升创作水平一门不可缺少的功课。这就需要我们多深入生活,多学习中国优秀的古典诗词,培养体察人、事、物、景的能力,为歌词插上意象的翅膀,让其在创作的天空下越飞越高。

参考文献:

[1]许自强.歌词创作美学[M].北京:首都师范大学出版社,2000.

[2]魏德泮.歌唱新时代、词铸"真新深"[J].词刊,2018(11):56—58.

注:此文发表于《文艺生活》2020年5月刊。

论文篇

后 记

时间过得真快，从2015年我的第一本歌词集《一路追寻》出版到今天，一晃六年过去了，第二本歌词集《词咏民声》即将付梓印刷了。此刻，我感觉时间就像一本书，一开一合让我看到了曾经走过的每一步。而当我把这六年来写过的歌词集结成书的时候，发现这本书也清晰地记录着我与歌词相伴的每一寸光阴。

相比第一次出书时激动、兴奋的心情，这次更多的是感动。感动这一路走来，是歌词让我找到了前行的方向，也让我收获了无尽的快乐。

结识歌词，是一种幸运

我出生在一个音乐家庭，父亲在市群艺馆从事音乐创作和辅导工作。受他的影响，我从小就非常喜爱音乐。记得四五岁的时候，并不知道歌词是什么，但奇怪的是，每次听到父亲在"周末教唱"活动中教学员们唱的歌，回家后我都能完整地唱下来。也许，这就是命运的安排，让歌词在我的心中播下了一枚小小的种子。

在后来的学生时代，通过学习，我得到了音乐和文学的滋养，也在学校组织的各类文艺活动中得到了展示和锻炼。这期间，让我对歌词产生了莫名的亲切感，记得当时总爱把一些好听的歌词抄写起来。其实，何止是抄在本子上，它已深深地刻进我的脑海。直到进入群艺馆工作后，我才真正地发现，原来歌词就是我"众里寻他千百度"的梦之所在。

爱上歌词，是一种坚守

乔羽先生曾说过："歌词最容易写，却最不容易写好。"这一观点，在我进入歌词创作领域后，才深刻地懂得其中的内涵。

带着对歌词的热爱，我先是找来国内众多优秀的经典歌曲，分析体会其中的歌词。同时，还阅读了许多有关歌词创作方面的书籍，从理论层面把握歌词创作的规律和技法。对于电视台播出的文艺晚会和青年歌手电视大奖赛，也不会轻易错过。每当听到优秀的歌词，总习惯用笔记下来再细细品味。

多少个伏案冥思的夜晚，多少个苦乐相伴的日子，我在学习中创作，也在创作中坚守。渐渐地，我写出的歌词开始得到身边音乐界前辈们和作曲朋友们的认可。从那时起，我的歌词陆续在《词刊》《歌曲》等音乐刊物上发表，在全国、省、市级歌曲创作评选活动中获奖，也在市里各类文艺演出的舞台上演唱。

歌词就这样走进了我的生活，融进了我的血脉，成为我生命中割舍不断的情缘。它为我的人生打开了一条希望的通道，让我用歌词创作的方式咏唱岁月、放飞梦想。

写好歌词，是一种使命

20余年来，我随歌词一路前往，经历了奋斗的艰辛，也收获了创作的欢欣。最让我难忘的是，2019年我在参加中国音协全国优秀青年词曲作家高研班学习时，创作的歌词《奋斗才有幸福来》有幸入选了中国文联、中国音协主办的"奋进新时代"大型原创交响合唱音乐会。演出当天，我坐在台下观看，心情格外激动，让我想到了那些曾经给予我关心、鼓励的领导和师长，想到了那些曾经与我交流、合作过的词曲作者和歌手朋友们，想到了始终理解我、支持我的家人们……那一刻，我对自己说，作为一名歌词创作者，一定要牢记"以人民为中心"的创作思想，为人民写出更多更好的作品。

即将出版的这本歌词集，算是对我这六年来歌词创作的一次总结。从中我看到了自己不足的地方，也找到了今后努力的方向。展望明天，我知道歌词创作的道路还很长，但我相信这一首首作品会成为我不断向上攀登的基石，给我力量，给我希望，见证我未来更加美好的追梦之行！

在此,我恭敬而惶恐地呈上这本作品集,谨以此书献给多年来在诸多方面给予我帮助的所有前辈、老师、同人、家人和朋友!

感谢著名作曲家、河南省音乐家协会主席周虹先生为此书作序!

感谢当代文学艺术中心文友及采编人员为书籍出版付出的心血!感谢线装书局出版社的支持!

最后,用一首小诗,作为自己前行的寄语:

《一路追寻》踏歌行,

《词咏民声》又一程。

星月相伴不辞远,

唯愿初心唱春风。

张咏民

2021 年 2 月 28 日